PRONTA PARA
recomeçar

© 2023 por Lourdes Carolina Gagete
© Shutterstock.com/FXQuadro

Coordenadora editorial: Tânia Lins
Coordenador de comunicação: Marcio Lipari
Capa, diagramação e projeto gráfico: Equipe Vida & Consciência
Preparação: Janaina Calaça
Revisão: Equipe Vida & Consciência

1ª edição — 1ª impressão
2.000 exemplares — julho 2023
Tiragem total: 2.000 exemplares

CIP-BRASIL — CATALOGAÇÃO NA PUBLICAÇÃO (SINDICATO NACIONAL DOS EDITORES DE LIVROS, RJ)

G126p

    Gagete, Lourdes Carolina, 1946-
    Pronta para recomeçar / Lourdes Carolina Gagete. - 1. ed. - São Paulo : Vida & Consciência, 2023.
    256 p. ; 23 cm.

    ISBN 978-65-88599-81-5

    1. Romance espírita. 2. Romance brasileiro. I. Título.

23-83960   CDD: 869.3
                                     CDU: 82-3:133.9(81)

Todos os direitos reservados. Nenhuma parte desta edição pode ser utilizada ou reproduzida, por qualquer forma ou meio, seja ele mecânico ou eletrônico, fotocópia, gravação etc., tampouco apropriada ou estocada em sistema de banco de dados, sem a expressa autorização da editora (Lei nº 5.988, de 14/12/1973).

Este livro adota as regras do novo acordo ortográfico (2009).

Vida & Consciência Editora e Distribuidora Ltda.
Rua das Oiticicas, 75 – Parque Jabaquara – São Paulo – SP – Brasil
CEP 04346-090
editora@vidaeconsciencia.com.br
www.vidaeconsciencia.com.br

PRONTA PARA
recomeçar

LOURDES CAROLINA GAGETE

*O amor é paciente, é benigno;
o amor não arde em ciúmes, não se
ufana, não se ensoberbece, não se conduz
inconvenientemente, não procura os seus
interesses, não se exaspera, não se recente
do mal; não se alegra com a injustiça,
mas regozija-se com a verdade; tudo
sofre, tudo crê, tudo espera, tudo suporta.
O amor jamais acaba [...]*

(1Co 13:4-13)

Capítulo 1

O PROFUNDO SONO DE ELISA

Por quais caminhos andará a alma enquanto seu corpo repousa?

O corpo debilitado jazia imóvel em uma cama. A pouca luz, vinda do pátio interno daquele hospital, era insuficiente para mostrar a fisionomia sofrida da mulher que ali estava.

Era Elisa, uma presidiária acusada de assassinato. Em uma briga entre prostitutas e homossexuais houve uma morte, e ela, que rondava por ali, fora presa. Sempre jurara inocência, mas a justiça tem seus procedimentos, é lenta e nem sempre justa. Ainda não fora julgada, pois é comum deixar os encarcerados à própria sorte por muito tempo.

Naquela manhã de sábado, Elisa teve um mal súbito no presídio e foi encaminhada àquele hospital. Já fazia algumas horas que estava inconsciente. Vez ou outra, abria desmesuradamente os olhos, mas parecia nada ver. Eram olhos sem vida. Ausentes.

O sino de uma igreja soou distante. Era a hora do Ângelus.

A jovem Mônica, em visita à amiga enferma, fez o sinal da cruz de modo quase inconsciente, automático. Na verdade, habituara-se a isso. Há muito deixara de crer nas religiões e nas preces aprendidas na infância. Despreocupara-se com o destino espiritual após a morte. Quem somos, de onde viemos, para onde vamos eram questões das quais ela sempre fugia. Porém, no fundo daquela indiferença, ainda temia a Deus, embora vezes sem conta se perguntasse o porquê daquele medo. Imaginava Deus como um velho de barbas brancas, de olhar severo, sentado em um trono, distribuindo castigos e bênçãos.

Olhou com desalento a amiga de tantos anos que agora "dormia" um estranho sono. "Se temos algo mais do que o corpo físico e se, como dizem, em essência somos espíritos revestidos de matéria, onde estará Elisa neste momento? Seu corpo está aqui, mas... e a alma?", perguntava-se Mônica.

"O vento sopra para onde quer. Você escuta seu som, mas não sabe de onde vem, nem para onde vai. Assim ocorre com todos os nascidos do Espírito." Relembrou o que ouvira um dia do seu confessor nas raríssimas vezes em que se confessou e que se permitiu meditar por mais de cinco minutos sobre as questões espirituais.

Mônica, a única amiga sincera que a doente possuía, velava sua cabeceira. Elisa gemeu. "Será que ela está voltando à consciência?", pensou, na esperança de que ela saísse daquele estranho torpor.

— Elisa? Vamos! Acorde, amiga. Acho que você quer abandonar a vida. Que amiga! Deixar-me aqui sozinha... — queixava-se no intuito de trazer a amiga de volta à consciência, mas ao mesmo tempo pensava: "Não sei se não é melhor ela continuar dormindo a acordar e ter de voltar à prisão... ou à sua vida de prostituição".

Uma enfermeira entrou com seus apetrechos e acendeu a luz. A paciente agitou-se um pouco, mas continuou naquele estado de semiconsciência.

— Boa tarde, Mônica. Conseguiu dormir um pouco? Nossa Elisa deu muito trabalho?

— Nenhum. Ela às vezes melhora. Penso que venceu a morte, mas logo depois cai novamente nesse sono estranho. Às vezes, parece que está conversando com alguém. Vejo lágrimas nos seus olhos. Nesses momentos, penso que ela vai acordar. O que pode ser isso?

Enquanto aferia a pressão da doente, a enfermeira respondeu:

— É assim mesmo. Não se preocupe. Ela está mais inconsciente do que consciente. Altera momentos de lucidez e confusão. Dentro de alguns dias, ela deve sair desse estado ou...

A enfermeira parou no meio da frase. Deveria alertar a amiga sobre um eventual falecimento de

Elisa? Olhou para ela, cujo olhar refletia preocupação, e resolveu não dizer nada.

— Ou? Ou o quê?

— Olha... só Deus sabe o que pode acontecer. Tenho tratado de doentes que pareciam mais mortos do que vivos e que, depois de alguns dias, melhoraram e receberam alta. Mas também há aqueles que falecem... — E, suspirando, disse: — Só Deus sabe quando chega a hora de cada um. Temos nossa hora de nascer... nossa hora de morrer...

Mônica olhou-a com ironia, porém, nada disse.

— Nada podemos fazer, ou melhor... podemos orar por ela. Neste momento, isso é o de que ela mais precisa. A prece sincera movimenta forças que desconhecemos — disse a enfermeira.

Mônica não era dada a orações. Achava que elas não podiam modificar nenhuma situação. Já a enfermeira era religiosa. Acreditava que uma inteligência superior governava o mundo. Acreditava na onipresença de Deus e no poder da oração quando feita com sentimento, pois é ele que faz a diferença. Orar automaticamente é como um placebo e nada resolve.

— Eu sou muito objetiva. Não sou nada religiosa. Não creio que oração alguma modificará o quadro de Elisa. Confio na medicina, quando muito. Se Deus existe mesmo, se sabe do que precisamos, não há necessidade de pedidos, não acha?

A enfermeira não pareceu se incomodar com as palavras frias de Mônica. Quem tivesse vidência poderia ver uma luz azulada que a rodeava por inteiro. Era seu guia espiritual que a amparava.

Tranquila, respondeu:

— De fato, quando temos de passar por alguma provação, por algum aprendizado, nada poderá mudar essas disposições, porém, orar é demonstrar humildade; é pedir clemência a Deus na certeza de que Ele é nosso Pai e que nenhum pai desampara um filho. Por meio de seus mensageiros, Ele poderá nos ajudar a passar a fase difícil com menos dor, menos revolta e mais compreensão. A prece pode não modificar nada, mas fortalece-nos a fim de que superemos os problemas. É como um cireneu a nos ajudar a carregar nossa cruz. A medicina moderna e os cientistas já estão valorizando a oração sincera na cura de doentes. Como disse Shakespeare: "Há mais mistérios entre o céu e a terra do que a vã filosofia dos homens possa imaginar".

A enfermeira substituiu o soro que havia acabado. Colocando outro, olhou Mônica com certa piedade:

— Você já teve alguma religião?

— Já fui evangélica, mas não acreditava no que ensinavam e me afastei. Imagine, ficar inconsciente até o dia do juízo final! Dormindo! Isso é o mesmo que não ter justiça alguma. Dormem o inocente, o culpado, o ladrão, o assassino, o estuprador, o pedófilo...

Imagine aqueles que morreram desde que a Terra foi criada, há milhões de anos!? Ainda estão esperando o juízo final? Recuperarão mesmo seus corpos? E no caso da incineração? As cinzas voltarão e comporão novamente aquele corpo? E se as cinzas foram jogadas no mar e nada mais restar? E os aleijados, aqueles que odiavam seus corpos, o terão de volta? Ora, isso é o mesmo que subestimar a inteligência de Deus! Isso é o melhor que Ele pode fazer?! Deixar dormindo ou os mandarem para o céu ou o inferno? Ahn... tem também o purgatório. Uma rápida passagem por ali e já estamos limpos. Então... muito obrigada! Se for como dizem padres e pastores, tenho razões para ser materialista. As duas opções são incompatíveis com o que se diz sobre a justiça e a sabedoria de Deus.

— Então, você não crê em Deus?

— Olha, até creio... um pouco. Só um pouco, mas não O entendo.

— Já procurou entendê-Lo?

— Já busquei muitas religiões, e elas só me deixaram ainda mais confusa e materialista.

— Até posso entendê-la.

— Nunca admiti as penas eternas do catolicismo. Que Pai seria Deus se condenasse seus filhos eternamente, por algum erro que cometeram até por ignorância? Por ter vivido em situações tão miseráveis entre criminosos? E como admitir que exista no universo outra força tão poderosa quanto a Dele?

A força do demônio? E se Deus existir de fato e estiver no céu, que lugar seria esse onde há egoísmo, onde a mãe está pouco se incomodando se o filho arde no inferno? Ela está bem, e o resto que se dane? Ora essa! O céu não é para os puros de coração, os purificados, os justos? E como alguém com todos esses predicados não se sensibiliza com os que ardem no inferno? Como podem ser egoístas e só pensarem neles mesmos? Pior ainda seria esse Deus que deixa seus filhos sofrendo eternamente, sem atender aos pedidos feitos em oração, sem enxugar a lágrima da mãe, sem consolar o desesperado?

Mônica ficou vermelha com a própria indignação.

A enfermeira arrumou os lençóis da cama de Elisa, enquanto pedia mentalmente inspiração para continuar a conversa.

— Tente orar com sentimento, energizando cada palavra. A oração e a reflexão abrem os canais da alma, facilitando a ligação com Deus. Você vai se surpreender ao verificar como isso ajuda, como Deus se mostra nas pequenas e nas grandes coisas. Não se prenda às palavras; busque, como dizem, o espírito. Quanto ao que determinadas religiões ensinam, não cabe a nós censurá-las, mas compreender que cada qual deve escolher a que melhor lhe satisfaça o espírito. Não devemos esquecer que cada um de nós está numa idade espiritual.

"Encontramos em *O Evangelho Segundo o Espiritismo*, capítulo XXVII, versículos 5, 6 e 7 – Pedi e obtereis:

5 – Por isso vos digo: todas as coisas que vós pedirdes orando, crede que as haveis de ter e que assim vos sucederão. (Marcos, XI:24)

6 – Há pessoas que contestam a eficácia da prece, entendendo que, por conhecer Deus as nossas necessidades, é desnecessário expô-las a Ele. Acrescentam ainda que, tudo se encadeando no universo através de leis eternas, nossos votos não podem modificar os desígnios de Deus.

Há leis naturais e imutáveis, sem dúvida, que Deus não as pode anular segundo os caprichos de cada um. Mas daí a acreditar que todas as circunstâncias da vida estejam submetidas à fatalidade, a distância é grande. Se assim fosse, o homem seria apenas um instrumento passivo, sem livre-arbítrio e sem iniciativa. Nessa hipótese, só lhe caberia curvar a fronte ante os golpes do destino, sem procurar evitá--los e não deveria esquivar-se dos perigos. Deus não lhe deu o entendimento e a inteligência para que não os utilizasse, a vontade para não querer, a atividade para cair na inação. O homem sendo livre de agir, num ou noutro sentido, seus atos têm, para ele mesmo e para os outros, consequências subordinadas às suas decisões. Em virtude da sua iniciativa, há, portanto, acontecimentos que escapam, forçosamente, à fatalidade, e que nem por isso destroem a harmonia das leis universais, da mesma maneira que o avanço ou o atraso dos ponteiros de um relógio não destrói a lei do movimento, o que regula o mecanismo do aparelho. Deus pode, pois, atender a certos pedidos sem derrogar a imutabilidade das leis que regem o conjunto, dependendo sempre o atendimento da Sua vontade.

7 – Seria ilógico concluir-se, desta máxima: Aquilo que pedirdes pela prece vos será dado, que basta pedir para obter, e injusto acusar a Providência se ela não atender a todos os pedidos que lhe fazem, porque ela sabe melhor do que nós o que nos convém. Assim procede o pai prudente, que recusa ao filho o que lhe seria prejudicial. O homem, geralmente, só vê o presente; mas, se o sofrimento é útil para a sua felicidade futura, Deus o deixará sofrer, como o cirurgião deixa o doente sofrer a operação que deve curá-lo.

Após esse interregno, continuemos.

A enfermeira não se deu por vencida pelos argumentos de Mônica:

— O que Deus lhe concederá, se pedir com confiança e fé, é coragem, força, paciência e resignação. E o que Ele ainda lhe concederá são os meios de se livrar das dificuldades, com a ajuda das ideias que lhe serão sugeridas pelos bons espíritos, de maneira que lhe restará o mérito da ação. Deus assiste os que ajudam a si mesmos, segundo a máxima: "Ajuda-te e o céu te ajudará"[1], e não os que tudo esperam do socorro alheio, sem usar as próprias faculdades. Mas, na maioria das vezes, preferimos ser socorridos por um milagre, sem nada fazermos.

Mônica, com um muxoxo, respondeu:

— Há muito deixei de orar. Já pedi tantas coisas através da prece, mas nunca obtive nada.

A enfermeira olhou-a, talvez condoída por perceber como ela raciocinava e como muitos oravam apenas para solicitar, para exigir de Deus a realização dos seus pedidos. Colocam-se na posição de vítimas inocentes e exigem deferência. Procurando ser o mais branda possível, a enfermeira questionou:

— Então, você só sabe orar para pedir?

Mônica pensou um pouco.

— Sim. Eventualmente, quando oro, é para pedir. Pedir para mim, para minha família... nunca orei para agradecer ou para louvar.

A enfermeira gostava de esclarecer as pessoas, fazê-las pensar, buscar respostas. Mônica não estava à vontade. Acreditava em seus conceitos e não admitia estar errada. Na verdade, tinha preguiça mental. Era mais prático e cômodo deixar como estava. Ter

---

[1] Mateus 7,7-11.

de mudar seus pontos de vista daria muito trabalho e requereria força de vontade.

— Olhe aqui, eu já orei muito em minha vida.

— Talvez você tenha só recitado a oração, sem senti-la no coração. Feito-a de forma mecânica, sem sentimento algum. Palavras ao vento, sem nenhuma energia.

Mônica estava inquieta. Pensava em como contestar o que a enfermeira lhe dizia, mas nada lhe vinha à cabeça, senão a vontade de fazê-la calar-se. Há em nós muitas Mônicas. Quantas vezes, antes de avaliarmos se os argumentos que ouvimos procedem ou não, nos preocupamos em procurar respostas que os contestem?

Com muita paciência, a enfermeira, solícita, continuou:

— Temos de orar com fé, determinação, sem revolta, sem exigências, sem fazer de Deus um funcionário nosso que deve nos atender. Pense que nós é que precisamos Dele e não Ele de nós. E temos de rezar não tanto para pedir favores, porque Deus sabe muito bem de que precisamos, mas orar também para pedir forças em nossas provações, para louvar e agradecer.

— Ora essa! Agradecer o quê? Nunca sou atendida...

— Que tal começar agradecendo pela vida, saúde, família, por seus rins, por seu fígado, seu coração, suas pernas, enfim, por todo o seu corpo material sadio, pois sem ele você não poderia estar aqui?

— Ora... — Mônica não soube o que dizer.

— Acha que tudo isso... quem fez? Quem lhe deu? O ser humano pode dar vida espiritual a alguém? Se não pode, quem deu? O acaso? O acaso não age com inteligência, e nosso corpo é incrível em sua perfeição, mostrando que só uma inteligência suprema poderia tê-lo imaginado. Essa inteligência suprema pode chamar-se Deus ou outro nome qualquer, não importa.

Mônica ia abrir a boca para argumentar, mas fechou-a novamente. A enfermeira continuou:

— Talvez você esteja pensando que tudo isso é obra da biologia, da ciência... É! É até possível raciocinar assim, mas quem permitiu a existência da ciência, de todas elas, senão Deus? Quem iluminou a mente daqueles que aprenderam a curar? Quem lhes deu inteligência para aprofundar os conhecimentos científicos e outros? Quem os inspirou para novas descobertas, para as vacinas, os antibióticos, os antídotos... Ele permite a dor? Sim. Como processo educativo, no entanto, pai bondoso que é, Deus nos concedeu o analgésico e o amparo dos bons espíritos.

Ante o silêncio de Mônica, ela continuou:

— Nada se faz sem a vontade de Deus. O acaso não faz nada. Consequências inteligentes têm uma causa inteligente; ninguém contesta isso.

— Não há dúvida de que seus argumentos são justos e racionais.

— Como você explica a vida? De onde viemos e para onde iremos? A dor, as doenças, as diferenças da sorte?

Silêncio.

Ela continuou:

— Bem sei que ainda não compreendemos o Criador. Como ensina a doutrina espírita, falta-nos um sentido para isso. Quando evoluirmos mais, tanto intelectual quanto espiritualmente, haveremos de compreendê-Lo. Porém, pelas obras que não são do homem, podemos sentir Sua presença.

Mônica parecia pensar, mas não estava à vontade. Sempre se julgara inteligente, mas, ante esclarecimentos tão lógicos, não tinha argumentos plausíveis.

A enfermeira, sempre amparada por seu espírito protetor, ainda disse:

— Na maioria das vezes, não compreendemos os desígnios de Deus. Conhece o jurássico refrão popular "Deus escreve certo por linhas tortas?".

Antes que Mônica pudesse pensar na resposta, ela saiu. Tinha outros doentes para atender.

Mônica olhou novamente para a amiga e condoeu-se sinceramente de seu estado. "Orar... de que adianta? Deus, se existe, está tão longe... Ele se importará com nossas rogativas?", pensava, querendo acreditar com racionalidade, esquecendo-se, todavia, de que a busca precisa partir do coração, tendo como caminho os sentimentos elevados. A fé, claro, tem de ser racional, e, por isso mesmo, cremos no seu poder de transformação. Ela é racionalmente eficiente. Basta buscar conhecer a forma como ela age, quando feita de coração e com humildade.

O sino soou novamente chamando os fiéis para a missa das sete horas. Nesse momento, mesmo sem querer, pensou nas palavras da enfermeira e elevou o pensamento:

"Deus, se você existe mesmo, se me ouve, dê algum sinal, poxa!"

Uma branda aragem agitou a cortina do quarto. Um ser luminescente aproximou-se e pousou suas mãos sobre Elisa, aplicando-lhe, certamente, recursos magnéticos. Depois, dirigiu-se até onde estava Mônica e fez o mesmo com ela. Nada fez a respeito da incredulidade da mulher. Não poderia forçar ninguém a acreditar na espiritualidade e na intervenção dos espíritos como mensageiros e executores dos desígnios divinos. Há tempo para tudo. Os espíritos diferenciados nunca forçam ninguém, pois sabem que cada qual tem seu tempo e está num estágio evolutivo. Alguns ainda vivendo os instintos, outros já tentando dominá-los, outros — já senhores da verdade que liberta — desenvolvendo os sentimentos nobres.

A própria vida encarrega-se de proporcionar a cada um as experiências das quais necessita para a evolução. Se outros meios falham, a pessoa desperta por meio da dor. Por meio desta, faz perguntas, e por intermédio das perguntas, obtém as respostas. E as respostas, quando verdadeiras, oferecem um caminho. A harmonia das leis do universo é o pensamento de Deus. Sempre que abalamos essa harmonia, as consequências surgem naturalmente, pois a vida nos devolve tudo o que lhe damos. Desarmonia gera desarmonia, e a resposta é o sofrimento.

Capítulo 2

AJUDA ESPIRITUAL

Minutos depois, Elisa abriu os olhos e, com voz débil, resmungou alguma coisa.

— Elisa! Por favor, não volte a dormir. Reaja! Não brinque assim comigo! Vamos! Já está mais do que na hora de você deixar a cama.

Ela começava a sair de um longo estado de inconsciência. Olhou demoradamente para Mônica, como se estivesse tentando lembrar-se dela. Era como se uma nuvem obscurecesse suas lembranças.

A entidade luminosa que lhe aplicara recursos magnéticos aproximou-se novamente e olhou-a carinhosamente. O amor que a unia à doente vinha de longa data. Agora, nesta existência atual, ela não reencarnara e era o anjo da guarda de Elisa. Muito lamentava o rumo que a vida da sua protegida tomara. Seus planos para aquela existência tinham sido prejudicados. Elisa deveria se casar e receber alguns espíritos como filhos, inclusive a protetora deveria renascer como sua filha e muito a ajudaria na luta evolutiva. Outro também, o jovem Aurélio, por quem Elisa sentia muito afeto, igualmente reencarnaria por meio dela. Um terceiro, porém, era um antigo desafeto da moça, que tentaria, como filho, substituir a animosidade, senão por amor, pelo menos por amizade, pondo fim a uma quizila que havia muito se estabelecera e que fazia muito mal a ambos.

O plano reencarnatório, de forma geral, é idealizado no plano espiritual, mas nem sempre tudo se dá conforme o planejado. O livre-arbítrio de cada um pode mudar os acontecimentos.

Muitos pensam que tudo o que nos acontece foi planejado no mundo espiritual, contudo, não é bem assim. Há muitos renascimentos planejados, não há dúvida, mas há também os que obedecem aos automatismos da natureza — até porque muitos espíritos ainda não têm a capacidade de fazer uma programação para si mesmos. Os renascimentos programados dependem muito do mérito do reencarnante e de sua condição espiritual.

Isso posto, convém analisar bem antes de atribuir os fatos corriqueiros da existência como sendo programação espiritual. Da mesma forma, não atribuir à programação espiritual, adrede estabelecida, as desgraças oriundas de imprudência e desleixo.

É muito simplista afirmar: "Foi a vontade de Deus". Nem sempre foi vontade Dele. Nossa pequenez espiritual nos leva, muitas vezes, por caminhos tortuosos, os quais nos trazem a dor como consequência. Enfim, tudo é aprendizado. Erramos até aprender a não mais errar. Até aprender que o mundo está assentado em leis sábias e justas e que a lei de ação e reação nos alcançará onde estivermos. Na verdade, a vontade de Deus é a de que vivamos o que um de seus filhos ensinou, ou seja, o amor. A vontade Dele é a de que todos nós sejamos felizes.

Ratificamos que o livre-arbítrio — que todos nós temos — poderá nos enveredar por outros caminhos, inviabilizando o plano anteriormente programado. Nada, contudo, é irremediável. Quando for impossível realizar em uma existência o que foi adrede preparado, realiza-se em outra, pois a finalidade é sempre a evolução da criatura. Reencarna-se com o propósito de evoluir e de reequilibrar-se com as leis divinas que tenhamos desrespeitado.

Tendo se desviado da rota e ingressado na prostituição, Elisa não pôde casar-se e dar um grande passo em sua vida. Quantas vezes as ilusões nos tiram da rota e nos conduzem por outros caminhos?

Vitório, aquele que deveria ser o esposo dela na presente existência, ficou perdido, sem rumo. Esperava por uma coisa que nem ele sabia o que era. O comandante que não sabe aonde vai, a nenhum porto chegará com seu navio.

Nenhuma mulher lhe despertava o interesse. No íntimo, sentia que um dia encontraria sua alma afim e só então se casaria. E em cada rosto de mulher procurava por aquela com a qual deveria se consorciar e ser feliz.

Elisa, apesar de ter perdido a oportunidade de se casar com Vitório, ainda poderia evoluir e subir mais um degrau na grande escada que nos conduz ao Criador. O mesmo poderia acontecer com o rapaz.

Vendo a amiga despertar, Mônica, esperançosa, disse:

— Puxa! Que sono longo, amiga! Não quer se sentar na cama? Já ficou muito tempo deitada.

— Mônica, é você mesmo?

— Graças a Deus, você acordou. Não volte a dormir! — Era materialista, mas falou espontaneamente "Graças a Deus".

— Um enfermeiro muito simpático me aplicou uma injeção. O remédio foi bom e me ajudou a recuperar as forças. Você falou com ele?

Mônica julgou que ela estivesse tendo alucinações.

— Elisa... ninguém lhe deu nenhuma injeção ou qualquer remédio. Nenhum enfermeiro entrou aqui, amiga! Uma enfermeira só aferiu sua pressão e trocou o soro... Faz oito horas que você está dormindo pesado!

— Oito horas? Impossível!

— Oito horas ou mais, Elisa!

— Então... não entendo. Não estou louca!

— Olhe... uma enfermeira esteve aqui faz pouco tempo e não lhe deu nenhum remédio nem lhe aplicou injeção. Só aferiu sua pressão arterial e trocou o soro.

A mesma entidade espiritual, que já estivera ali ajudando as amigas, aproximou-se e postou-se à cabeceira de Elisa. Com as mãos estendidas sobre seu chacra coronário, orou com muito amor. Sobre a cabeça da doente, formou-se um arco-íris de cores exuberantes, que iam, aos poucos, sendo absorvidas pelo chacra coronário de Elisa.

Ela, então, se lembrou de que, no passado, por viver na prostituição, fora rejeitada pelo único homem a quem amara de verdade. Lembrou-se também de que, depois daquela desilusão, desejou morrer, acabar com aquela vida infeliz, não sofrer mais.

Ante as lembranças dolorosas, lágrimas desceram.

Mônica voltou ao assunto da injeção a fim de fazê-la esquecer as recordações que a faziam chorar.

— Elisa, você me falava de um enfermeiro que lhe aplicou uma injeção...

Elisa voltou ao presente:

— Eu vi e senti que ele me medicava. Você deve ter dormido e nada viu. Faz tempo que está aqui?

— Faz. Não dormi e lhe asseguro que a enfermeira não lhe aplicou nenhuma injeção ou lhe deu qualquer remédio. Ninguém do hospital, além dela, esteve aqui.

— Não pode ser! Eu vi! Eu senti!

Sonho ou alucinação? Nem um nem outro. Celeste, sua protetora espiritual, aplicara-lhe de fato uma injeção e dera-lhe um remédio da farmácia espiritual. Depois, ministrou-lhe o passe magnético. Elisa, provisoriamente, mais pendendo para o mundo espiritual do que para o material, viu e sentiu como se tudo se passasse no plano material. E o resultado foi imediato.

Elisa ainda não estava completamente restabelecida, mas melhorara muito com o tratamento espiritual que recebia por graça de Deus. Já ficava mais tempo acordada e conseguia falar sem desespero.

Mônica estava espantada. Teria sido seu pedido a Deus?! Seria aquilo o sinal que ela pedira? "Será que algum anjo de Deus esteve aqui ajudando Elisa?", questionou-se, mas logo riu dessa ideia.

A prece sempre ajuda, mas quando é feita com fé, sem exigências de que Deus prove que Ele de fato existe e pode fazer milagres. Ele não precisa provar nada a ninguém. Aquela ajuda deveu-se ao merecimento de Elisa.

A questão religiosa é de vital importância para o entendimento da vida e da justiça divina, porém, as religiões — ou algumas delas — têm gerado materialistas ao orientar de forma incoerente e até infantil.

A questão do Céu e Inferno, das penas eternas, do sono até o julgamento final... A humanidade pode ter acreditado nisso no tempo de infância, mas hoje... no terceiro milênio... A oração tem poderes dos quais não devemos duvidar. Jesus estava constantemente orando, pois a oração é o elo entre nós e o Criador; é o alimento da alma. Pedir é um ato de humildade e confiança no Criador. Quando feita com fé, quando há merecimento, sem derrogar lei alguma, os bons espíritos vêm em nosso auxílio. Sabemos que tudo está encadeado no universo por meio das leis eternas, que os pedidos não podem modificar os desígnios de Deus nem alterar a ordem do universo, porém, a oração nos fortalece e nos dá paz, esperança e força para passarmos por momentos difíceis.

Há leis naturais e imutáveis que Deus não pode anular segundo os pedidos de cada um. Mas daí a acreditar que todas as circunstâncias da vida estejam submetidas à fatalidade a distância é grande. Se assim fosse, o homem seria apenas um instrumento passivo, sem livre-arbítrio e iniciativa, vivendo um determinismo injusto. Nessa hipótese, só lhe caberia curvar a fronte ante os golpes do destino, sem procurar evitá-los, pois de nada adiantaria esquivar-se dos perigos. Deus não lhe deu o entendimento e a inteligência para que não os utilizasse, a vontade para não querer, a atividade para cair na inação. Sendo o homem livre para agir, num ou noutro sentido, seus atos têm, para ele mesmo e para os outros, consequências subordinadas às suas decisões. Em virtude de sua iniciativa, há, portanto, acontecimentos que escapam, forçosamente, à fatalidade e que nem por isso destroem a harmonia das leis universais. Da mesma maneira que — como já foi dito — um relógio desregulado não anula a lei do movimento que regula seu mecanismo, tampouco influencia a passagem do tempo. Deus pode atender a certos pedidos procedentes, sem, contudo, derrogar a imutabilidade das leis que regem o universo.

Seria ilógico concluir-se da máxima "Aquilo que pedirdes pela prece vos será dado"[2], que basta pedir para obter. E seria injusto acusar a Providência se ela não atender a todos os pedidos que lhe fizermos, porque ela sabe melhor do que nós o que nos convém. Assim procede o pai prudente, que recusa ao filho o que lhe seria prejudicial.

O homem, geralmente, só vê o presente e nem sempre faz um juízo acertado quanto às suas necessidades reais. Se o sofrimento é útil para sua felicidade futura, Deus o deixará sofrer, pois sabe que a dor não é eterna e visa à evolução do espírito. Coerente e justo.

O que Deus nos concederá, se pedirmos com confiança, é coragem, fé, paciência e resignação. E o que ainda nos concederá serão os meios de nos

---
2 Marcos 11:24.

livrarmos das dificuldades, com a ajuda das ideias que nos serão sugeridas pelos bons espíritos, de maneira que nos restará o mérito da ação. Deus assiste os que ajudam a si mesmos, segundo a máxima "Ajuda-te e o céu te ajudará"[3], e não os que tudo esperam do socorro alheio, sem usar as próprias faculdades. Mas, na maioria das vezes, preferimos ser socorridos por um milagre, sem nada fazermos.

    Muitos descreem da oração, porque sua resposta não vem da forma como queriam, mas da forma que precisavam. Ratificamos que Deus não derroga as leis divinas, no entanto, a prece sempre ajuda, se não para nos atender pelo menos para nos fortalecer. É justo que peçamos alguma coisa em nível material, contudo, o que sempre devemos pedir é ajuda espiritual, pois com ela quase sempre virá a ajuda material. É lamentável que a luta por bens materiais tenha prevalência sobre a luta pelos bens espirituais.

---

[3] Mateus 7,7-11.

Capítulo 3

SINGULAR EXPERIÊNCIA

Elisa recebeu alta hospitalar e foi encaminhada novamente para a prisão. Mantinha o semblante preocupado, pois não lhe saía da cabeça a experiência vivenciada enquanto estivera inconsciente.

Mônica fazia-lhe companhia no grande pátio daquele presídio para mulheres. Era de uma dedicação fora do comum. Espíritos ligados pelo amor sempre renasciam juntos a fim de um amparar o outro nos momentos difíceis. Vendo sempre o ponto de interrogação vincando a testa de Elisa, ela perguntou-lhe o motivo.

— Mônica, tenho até receio de lhe falar e você achar que estou louca.

— Elisa, você bem sabe que não pensaria isso. Vamos, fale. O que *tá* pegando?

Elisa suspirou, dolorosamente:

— Ahn... Mônica. São os mistérios da vida. Preciso repensar meus conceitos.

— Do que você está falando?

— Sabe... quando eu estava inconsciente, vi a morte de perto...

— Sim?

— Eu queria morrer. Não queria mais continuar sofrendo... pensando na rejeição que sofri... em Tonhão... na minha vida de presidiária sendo inocente... enfim, em tudo o que me aconteceu.

— E daí?

— Daí que me rebelei e quis acabar com a vida. Acho que foi por isso que dormi durante tanto tempo. Não queria enfrentar a vida. Acovardei-me.

Mônica fez um gesto de impaciência:

— Ora, Elisa, não fique tão encucada! Logo você sai daqui, vai ver.

— Não estou encucada por isso.

— Por quê, então?

— Mônica... que louco! Eu tive o pressentimento de que viajava para o além. Alguém me guiava por corredores estranhos. Senti muito medo.

"Meu Deus! O que será agora? Acho que Elisa não está bem", pensou Mônica.

Ante o olhar inquiridor da amiga, Elisa continuou:

— Nem sei mais o que pensar. Nunca me detive por muito tempo nas questões espirituais, na verdade ou na mentira da reencarnação...

— O que exatamente você quer dizer? Tem certeza de que está bem?

— Claro que estou. Acho mesmo que nunca estive tão bem. Não me olhe assim... como se eu tivesse enlouquecido!

Elisa estava diferente, abalada pelos últimos acontecimentos, mas com um brilho diferente no olhar.

A vida, de repente, mostrava-lhe outra faceta. Até ali só percebera as sombras, a desilusão, a dor. Agora, uma luz brilhava e a convidava a meditar sobre os caminhos percorridos e os que estavam ainda por percorrer.

— Elisa, conte-me tudo o que lhe aconteceu. Desde o começo. Que loucura é essa de ter viajado para o além?! Isso deve ter sido um sonho. Ou melhor, um pesadelo.

Elisa havia passado por uma inusitada experiência e contava para a amiga.

— Não creio que foi um sonho. Foi muito real, Mônica! Eu senti tanta veracidade que até agora tremo ao relembrar.

— Estou ficando muito curiosa, mas ainda acho que tudo foi sonho ou perturbação mental. Você devia estar preocupada com a morte, então...

— Não e não, Mônica. Não estava preocupada. Eu realmente estive no limiar entre a vida e a morte. Incrível! Como conhecemos pouco do lado de lá!

Mônica olhou a amiga. Havia perplexidade em seu olhar, e Elisa teimava em afirmar que aquilo fora um sonho perturbador.

— Se não for acreditar, não contarei o resto. Não vou gastar velas com defunto à toa. — Riu.

— Credo! Fale logo! E eu não sou defunto à toa.

— Não mesmo?

— Não enrole. Vá contando.

— Eu estava passando mal e chamei o médico. Ele me examinou, e, pela reação dele, percebi que eu estava mal. Ele disse para a enfermeira que minha pressão havia caído drasticamente e que meu coração fora bombardeado e estava prestes a parar. Depois, senti que estava saindo do meu corpo. No primeiro momento, fiquei muito assustada. Via-me em duplicata. Na cama, eu estava deitada e parecia dormir e, acima do meu corpo, ou de minha duplicata, eu, propriamente dito. Estava em dois lugares, mas havia alguma coisa que me ligava ao corpo na cama e me imobilizava. Passei a ouvir mais nitidamente a conversa entre o médico e a enfermeira. Ele estava nervoso e perguntou qual medicamento haviam me dado. Ela falou o nome do remédio, e ele balançou a cabeça. Em seguida, perguntou quem havia receitado o tal remédio. Ela disse o nome do médico, mas não me lembro agora. Ele não disse nada. Saiu e voltou com um medicamento que ele mesmo me aplicou na veia.

"De repente, fui arrebatada dali e jogada em uma espécie de corredor muito comprido. Tudo girava, e fiquei estonteada. Muitos rostos humanos apareciam e desapareciam numa fração de segundos. Eu não conseguia gritar ou falar, mas minha mente registrava as coisas ao redor. Alguém me mandava prestar atenção. Senti uma sacudidela e fui arrojada — esse é o termo, arrojada —, porque me senti caindo, caindo... Tive muito medo naquela hora e ouvi uma voz que vinha não sei de onde: 'Elisa, não tenha medo. Guarde bem o que verá, pois isso vai ajudá-la muito. Poucos têm a felicidade de rever seu passado e aprender com ele. Só estamos abrindo essa exceção por sua teimosia em não querer retomar seu corpo material'."

Elisa parou por um instante, e Mônica fez-lhe um sinal para que continuasse. Estava realmente interessada em saber mais sobre aquela viagem espiritual da amiga, embora já formulasse em sua mente a contestação. Queria acreditar, contudo, não lhe convinha aceitar tal realidade. Nossa inércia e nosso medo de mudar nossos conceitos criam razões inusitadas e, na maioria das vezes, tolas.

— Que sensação estranha! Eu ia caindo, caindo... sentia o vento bater em meu rosto, quando me deparei com uma... me pareceu... uma pequena cidade do interior. Vi-me pequena, levando um balde de leite recém-tirado. Mas eu estava ali e não estava, ou melhor, eu me via deitada na cama do hospital, sentia um desconforto no tórax por efeito das massagens que o médico fazia naquela "eu" que estava deitada, mas a outra "eu" sentia-se tensa. De repente, Tonhão me apareceu.

— Tonhão? Aquele traste que a explora?

— Ele mesmo. Senti que a raiva aflorava e me fazia escura e triste. Era ele, mas com outra fisionomia. Era bem mais baixo, mais magro e mais simpático. Gentilmente, pegou o balde de leite e o levou para aquela menina que era eu mesma. Disse que aquilo era muito pesado para uma garota franzina como ela ou eu. Depois, uma luz pálida surgiu na minha frente como se me convidasse a segui-la. Relutei e afastei-me dela. Não queria sair dali; queria falar com o novo Tonhão que surgira há pouco. De repente, ele desapareceu. Então fui como que arremessada a um lugar muito feio. Havia muita lama escura e pastosa. Eu corria, corria, mas não saía do lugar. Aquela pasta escura grudava em mim. Nesse momento, pensei no meu corpo que ficara alhures, quase morto. Meu querer, no entanto, não teve força para me fazer retornar, ou, quem sabe, alguém me prendia ali? Tremi de medo, pois me pareceu que algumas criaturas de mãos esqueléticas tentavam me agarrar. Nesse momento, eu não era mais eu. Entendeu? Era eu, mas não como sou agora. Era uma moça linda. Senti-me, então, enraivecida com alguma coisa. A imagem congelou em uma cena na qual eu seduzia Tonhão.

"Tudo sumiu, e eu novamente fui sugada, literalmente sugada, para o interior de outro corredor.

Vez ou outra, via meu corpo e a tentativa do médico e da enfermeira de me trazerem à vida. Eu, contudo, não queria voltar. Não queria viver aquela vida de prostituição, sentir as bofetadas do Tonhão, quando o movimento era fraco e o dinheiro era pouco. Não! Tudo era preferível àquela vida. Tudo era melhor do que aquilo.

"Era uma manhã cinzenta e fria. Não sei se havia passado horas, dias ou meses, quando me vi jogando um punhado de terra sobre um caixão. Não via o cadáver, mas senti que era Tonhão. Senti seu ódio... sua revolta. Novamente, as cenas mudaram. Vi-me ao lado de um ser estranho e infeliz. Ele dizia me amar, que precisava de mim. As vibrações de amor dele me atingiam, e eu senti paz. Uma claridade me envolveu. Senti muito sono. Queria, precisava dormir, mas ele me impedia dizendo que não estava na hora de morrer, que ele precisava de mim para renascer. Eu, no entanto, não queria voltar. As lembranças me perseguiam tenazmente. Pensava sempre na vida que levava, no meu corpo vendido por alguns reais... Sentia-me enojada de mim mesma. Foi então que vi minha mãe. Ela estava linda! Um halo de luz a envolvia e seu falar era brando: 'Elisa, minha filha, não abandone seu corpo físico, porque sua hora ainda não chegou'. E eu lhe respondi: 'Não quero voltar, mãe! Minha vida é de pecado. Não sei como me livrar do Tonhão. Tenho medo de vir, qualquer dia, a matá-lo. Ele me explora, me obriga a sustentá-lo e não me deixa sair da prostituição'. Depois disso, nada mais vi ou ouvi. Rodopiei no espaço fora daquele lugar onde estava e voltei ao quarto do hospital. Meu corpo estava lá, quase sem vida. O médico e a enfermeira tomavam todas as providências que meu caso exigia. E eu, ainda trêmula pelos recentes acontecimentos, encaixei-me nele como se calçasse luvas."

— Graças a Deus, doutor Diógenes! Ela reagiu!

— Já não era sem tempo — respondeu o atencioso médico. E me disse: — Elisa, veja se não apronta mais nada, viu? Você andou por onde?

Pensei em contar para ele que minha alma errante vagou por caminhos incompreensíveis, mas calei-me. Estava, ainda, emocionada e em estado de choque pelo acontecido. Nem por um momento duvidei da veracidade do ocorrido. Eu realmente estive no limiar entre a vida e a morte e vi cenas de uma existência passada.

— Muito intrigante tudo isso, Elisa. Ainda continuo achando que você sonhou. Às vezes, eu também tenho desses sonhos estranhos.

— Sei que não foi sonho. Que teimosia! Não sabe dizer outra coisa?

Mônica estava também impressionada, mas não queria acreditar e já desconfiava de que a amiga não estivesse no seu juízo normal.

Quantas vezes negamos as evidências porque não as aceitamos? Para não termos de mudar conceitos? Por acomodação, por inércia?

※※※

Mônica, como sempre fazia aos domingos, voltou a visitar Elisa na prisão, e as duas ainda conversaram sobre a inusitada experiência. Elisa afirmava, e a amiga procurava provas ao contrário. "Gostaria muito de acreditar que tivemos e teremos ainda outras existências, mas acho que tudo é balela", pensava Mônica.

Um sinal tocou, e as visitas tiveram de se retirar. Mônica era ali conhecida e sempre bem-vinda, pois não só visitava Elisa, como também outras presidiárias. Levava-lhes revistas, chocolate e cosméticos e contava-lhes as novidades do mundo fora daqueles muros. Muitas daquelas mulheres estavam ali por crimes de pouca monta, como roubar em supermercados, briga entre prostitutas e outras quizilas. Mas também existiam aquelas consideradas de alta periculosidade, acusadas de assassinatos, roubos e porte ilegal de arma. As mais comportadas trabalhavam na cozinha e tinham mais liberdade; outras se dedicavam ao artesanato, à costura ou qualquer outra coisa, a fim de diminuírem a pena e deixarem o tempo passar.

Um dia, ao sair do presídio, Mônica sofreu um grave acidente e desencarnou na hora. Na Terra, todos nós trazemos insculpidas na alma as marcas do passado e a necessidade de expiar erros cometidos. O projeto de vida de Mônica fora escolhido por ela mesma junto com os amigos espirituais. Deveria viver um bom tempo nessa existência, porém, desviara-se muito do plano reencarnatório adrede preparado. O acidente não fora programado, mas consequência de sua imprudência ao dirigir depois de ter ingerido bebida alcoólica. Por pouco não matara também alguns adolescentes que conversavam na calçada.

Mônica não imaginava que sua vida seria cortada por ela mesma, de forma tão violenta e por sua total falta de responsabilidade. A espiritualidade poderia ter interferido e lhe concedido mais algumas décadas a fim de que ela mudasse o direcionamento que dera à sua vida, desviando-se de suas propostas de redenção, todavia, a volta seria mais adequada.

No planejamento daquela existência que se findara, constava que ela deveria trabalhar em favor dos desvalidos em uma instituição espírita ou em outra qualquer, pois o que vale não são os rótulos e sim o conteúdo.

Pelos caminhos que a vida nos conduz, ela conheceu Patrício. Esse era outra alma a qual ela se dispusera a ajudar, pois ele era materialista e sua proposta era aproveitar a vida. Havia mais de quarenta anos, conheceram-se em uma colônia perto da cidade do Rio de Janeiro, e uma grande amizade os unira desde então.

Apesar de pensarem de forma diferente — ela um pouco mais espiritualizada, ele tentando entender a problemática da vida e um tanto imaturo —, Patrício não era totalmente fechado às influências de Mônica.

Em uma manhã chuvosa, reencontraram-se. Mônica, de personalidade romântica, logo se apaixonou. Ele, a princípio, julgou que encontrara a mulher de sua vida, porém, já havia sido contaminado com as ideias materialistas dos amigos de farra e assustou-se com a perspectiva de assumir um compromisso mais sério.

Amigos desencarnados tentaram alertá-lo para a inconveniência daquelas amizades que nenhum bem lhe traziam, mas Patrício, já predisposto a negar a realidade do mundo dos espíritos, fechava seus ouvidos. Comprazia-se com as falácias e o materialismo dos amigos fanfarrões, e a concepção enraizada há muito em seu psiquismo encarregava-se de torná-lo mais e mais incrédulo às verdades espirituais. Mônica falava-lhe sempre a respeito de um Deus misericordioso, da reencarnação, da justiça divina, enfim, sobre a continuidade da vida após a morte, contudo, não tinha muita convicção do que falava. Na verdade, também se deixava levar pelas ilusões do caminho, então, em vez de combater nele tal incredulidade — conforme se propusera antes do renascimento —, deixara-se convencer de que o espiritismo era coisa de sonhadores; que, em morrendo, tudo se acaba; que a tal da reencarnação era um ópio; e que a religião em si mesma era ópio para anestesiar a mente.

Ela agia como muitos, que se dizem espíritas porque frequentam uma vez por semana a casa espírita, mas que não observam o que ali se ensina por meio de palestras edificantes e da comunicação com os desencarnados. Acham que só a frequência semanal já é suficiente. Não atentam para a necessidade de se olharem honestamente e identificarem seus erros a fim de combatê-los. Emocionam-se, às vezes, com as palestras, com a comunicação espiritual, mas tudo o que ouvem é muito bom para os outros e não para eles. Apesar de ouvirem inúmeras vezes que a mudança de hábitos é fundamental para nossa evolução, que devemos "matar a criatura velha dentro de nós para que ressurja a nova", acham mais cômodo deixar tudo como está. As ilusões do mundo entorpecem a razão e não se percebe que toda mudança, toda subida tem seu preço, e que, conforme já foi dito, ninguém consegue subir uma montanha sem sofrer as imposições da subida. A transformação deverá vir de dentro para fora com a **mudança de nossos sentimentos**. Exterioridades e religião de fachada só nos mantêm presos à superfície da Terra.

Temos de nos desfazer dos pesados lastros de vícios e defeitos que pesam em demasia em nós e nos impedem a ascensão. Então, no sopé da montanha, ficamos olhando seu cume e, antes da primeira batalha, já perdemos a guerra.

Assim, olhamos as estrelas, mas não saímos do charco.

De volta ao lar espiritual, Mônica conscientizara-se de que falira fragorosamente. Não soubera ajudar Patrício nem a si mesma. Confundira-se com as facilidades da vida material e perdera uma boa oportunidade.

Só depois de muito tempo de trabalho redentor e de novos esclarecimentos, pôde voltar à Terra em visita à amiga Elisa.

Capítulo 4

O ÓDIO FERE A ALMA

    Elisa foi absolvida pelo crime que lhe fora imputado, e o verdadeiro assassino foi preso. Tonhão foi buscá-la. Enlaçou-a e quis beijá-la, mas ela virou o rosto. Aquela presença lhe era insuportável. Ele parecia mais carinhoso, todavia, logo a lembrou da necessidade de voltar às ruas e trazer dinheiro para casa.

    — Tonhão, não quero mais essa vida! Chega! Sinto-me enojada de mim mesma!

    O gigolô parou de repente e encarou-a. Deu um riso de mofa e falou:

    — Nem pensar! Quem você pensa que é? Encontrou algum príncipe encantado, que veio montando um cavalo branco e a levará para um castelo encantado?

    — Solte meu braço! Está me machucando!

    Alguns pedestres olhavam a cena, mas nenhum ousou dizer nada. O tipo atlético de Tonhão e seu um metro e oitenta barravam qualquer intenção de defesa a Elisa.

— Seu brucutu contemporâneo! Você não pode me obrigar!

— Claro que posso. Você não tem aonde ir. É uma desclassificada e não tem nenhum parente aqui. Pensa que seu corpinho bem-feito e sua carinha de anjo vão salvá-la da sarjeta?

O riso escarnecedor do gigolô feriu-a mais do que as rudes palavras, e ela deixou que lágrimas quentes lhe descessem pelas faces afogueadas. Tonhão valia-se da incapacidade dela de se sustentar ou de contar com alguém que lhe desse amparo. Em seu coração não havia nenhuma piedade.

Ainda não satisfeito, disse:

— Você é uma vadia mal-agradecida! Eu te amparei nesses anos todos. Casa, comida, roupa... Corro risco ao te defender nas ruas. E você tem o descaramento de me dizer que não vai trabalhar mais?

— Posso arranjar outro serviço. Um serviço de verdade. Se você me ajudar...

— Não seja ridícula! Trabalhar em quê? Você é quase analfabeta, mal terminou o ensino fundamental. E quem vai dar emprego a uma prostituta? Acha que alguma dona de casa vai se arriscar a lhe dar emprego? Correr o risco de perder o marido pra você?

Enquanto o rosto de Elisa se avermelhava mais, ela sentia a alma despedaçar-se. A vida a encurralara.

Por mais que pensasse, não encontrava uma saída. Ficar na rua era impossível. Antes de Tonhão aparecer, ela já estivera nessa condição. Fora estuprada por dois homens sujos e perversos. Ficou doente e quase morreu. Não! Não havia como fugir daquela triste vida.

Um cachorro seguia à frente deles. Elisa olhou-o e teve inveja de sua vida de cão vadio. De sua liberdade. Não pensava. Não sofria.

Tonhão, vendo que ela se calava, sorriu satisfeito. Seu dinheiro estava garantido.

※

O ódio que tinha por Tonhão foi crescendo no coração de Elisa. Gostaria de não ter de vender o corpo, pois nesses momentos sentia-se agredida, a última das mulheres. Um dia em que a tristeza se fizera maior, fugiu, mas Tonhão foi buscá-la e a agrediu brutalmente.

— Nunca mais fuja! Qualquer dia mato você, sua ingrata!

— Tonhão, por favor... o tempo da escravidão já passou.

— Não pra você!

Lágrimas sentidas inundaram os olhos de Elisa, mas ela as reteve. Lembrou-se da experiência em que voltara no tempo. Viu Tonhão mais jovem, mais carinhoso com ela. Ajudara-a a carregar um balde de leite. Depois, ela o traíra. Então, suspirou e disse:

— Tonhão, você acredita que o espírito não morre, que pode deixar o corpo por alguns momentos? Acredita que já vivemos outras vezes?

Tonhão estranhou a pergunta e mais ainda a mudança de humor de Elisa. Esperava que ela esbravejasse, que o xingasse, que chorasse, mas a moça se manteve calma. Agora aquelas perguntas.

— Por que isso agora? Andou tendo aulas de religião lá na cadeia? Ou bateram tanto em sua cabeça que ficou lelé?

— Nem uma coisa nem outra. Mas me responda o que lhe perguntei.

— Nem acredito nem desacredito. Nunca parei para pensar no assunto. Outras existências? Deus me livre! Já basta uma. — Deu uma risada escandalosa.

— Eu creio que já vivemos outras vezes, que o que nos acontece hoje é consequência do que fizemos em outra existência.

— Sabe de uma coisa? Você está chata! A cadeia deve ter afetado seu miolo. Outras existências? Pois sim!

Elisa calou-se. Tonhão parecia impermeável. Somente o tempo o mudaria, afinal, uma gota d'água caindo sobre uma pedra todos os dias acaba por cavar um fosso.

A semente da dúvida quanto à vida espiritual, da sobrevivência do espírito e das consequências dos nossos erros fora plantada na mente de Tonhão. Por enquanto, ficaria sob a terra da ignorância e da rebeldia, todavia, um dia, com a chegada da chuva da conscientização e do apassivamento da alma, tal semente germinaria.

Uma tarde, solitária e triste, Elisa percebeu a presença espiritual de Mônica. O amor fraterno as mantinha unidas, pois a separação não é nada diante desse sentimento.

Mônica aproximou-se e abraçou-a. Chorou ao reparar que a amiga perdera todo o viço da juventude e que sofria. Aguardou a chegada da noite, pois assim poderia ser vista e ouvida por Elisa. O sono é a porta de entrada para o mundo espiritual, e os sonhos, na maioria das vezes, são encontros com entes queridos que já fizeram a viagem de volta à verdadeira vida. Nada se perde. Os caminhos são diferentes para cada um, mas o porto de chegada é sempre o mesmo.

Elisa encontrara outra amiga com quem trocava confidências. Era Maria Emília. Desde que se conheceram, tornaram-se amigas inseparáveis. Mas a amiga Mônica era sempre lembrada com carinho. Era a irmã que ela jamais tivera, e a dor da saudade doía-lhe na alma.

— Maria Emília, hoje, não sei por que, estou me lembrando desde cedo de uma grande amiga que tive, a Mônica. Morreu faz algum tempo. É como se ela estivesse junto de mim. Senti seu abraço e seu carinho.

Mônica ficou feliz ao ouvir a amiga, afinal, ela continuava viva no coração de Elisa. Todo desencarnado quer permanecer nas lembranças dos que ficaram. São felizes quando as lembranças são boas e infelizes quando são lembrados com desprezo e ódio. Quando são esquecidos é que se sentem mortos.

— Elisa, pode ser mesmo que ela esteja perto de você, afinal, os mortos não estão mortos. O Espiritismo nos ensina isso.

— Eu também acredito na imortalidade da alma. Nunca frequentei o Espiritismo, mas acredito naquilo que ele ensina. Os espíritas dizem que nós, sim, estamos mais mortos do que os julgados mortos.

— Pense bem, Elisa. Se ao morrermos tudo acabasse, seria limitar a inteligência de Deus. Criar em um momento e destruir em outro? Onde está a lógica disso? E a perfeição de nosso corpo, a capacidade ímpar de nosso cérebro, de nossa mente, os cinco sentidos que nos conectam com a vida... como explicar?

Muitos responderiam que é o "acaso", mas ele não traz respostas inteligentes e lógicas. Chamamos de "acaso" tudo o que não aceitamos ou não compreendemos.

As duas amigas não perceberam a presença espiritual de um garoto que as olhava com interesse. Tratava-se de Aurélio, aquele que Elisa vira durante o estranho acontecimento e que lhe dissera precisar dela para reencarnar. Ele deveria ter reencarnado como filho dela, se o livre-arbítrio de cada um não houvesse frustrado os planos reencarnatórios. Tivesse Elisa sido mais paciente e responsável, estaria casada com Vitório e teria junto de si aquele espírito amigo.

Muitos pensam que, uma vez feito um plano reencarnatório, nada o impede de se realizar. Estão errados, pois planos são planos, e nem sempre acontece o planejado. Nas ilusões do caminho, pelo livre-arbítrio de cada um, às vezes há desvios de rotas. Não fosse isso, cairíamos no determinismo, em que o mérito de cada um seria anulado. Deus é Pai misericordioso e sempre nos oferece um plano B, uma nova oportunidade de trabalho redentor.

Enquanto as duas amigas conversavam, Aurélio aproximou-se e colocou no cabelo de Elisa um botão de rosa amarelo. Seu carinho fez o botão brilhar. Elisa, de repente, sentiu uma emoção estranha. Seu coração foi buscar alhures a lembrança daquele jovem que deveria ter sido seu filho amoroso naquela atual existência.

A conversa das duas foi retomada. Elisa concordou com Maria Emília. Lembrou a dificuldade que Mônica tinha de aceitar a vida após a morte e de como era, às vezes, incoerente. Era boa pessoa, só um tanto confusa. Ainda não tinha maturidade espiritual e se deixava influenciar pelas pseudoverdades que lhe incutiam. Assim, ficava enroscada em si mesma, acumulando dúvidas sobre dúvidas.

Elisa continuou:

— Mônica chegou a frequentar uma casa espírita, mas, depois que começou a viver com o namorado, Patrício, ele fez a cabeça dela.

Materialista convicto, Patrício desestimulou-a a buscar a verdade e a continuar frequentando o centro espírita. Ele fora uma vez, assistira aos trabalhos da casa, ouvira a palestra da noite, mas a semente caíra em solo infértil e não germinara. Sabia que, se concordasse, teria de sair da inércia e mudar de vida. Era-lhe bem mais cômodo ir levando a vida sem questionamentos.

Maria Emília escutava a amiga com interesse:

— Acho que ela não tinha fé nem determinação, caso contrário não se deixaria convencer pelo namorado. Ela poderia, com paciência, determinação e amor, tê-lo mudado, mas creio que achou mais fácil se acomodar às "verdades" dele.

Elisa concordou. Mônica, a seu lado, acompanhava com interesse a conversa de ambas. Achou interessantes as observações de Maria Emília. "Essa moça é muito útil para Elisa. Chego a pensar que foi a providência divina quem promoveu o encontro das duas."

Mônica, mesmo desencarnada e sabendo que, afinal, a vida continuava, que não havia morte, mas transformação das vibrações, continuava a não entender as Leis divinas e, às vezes, duvidava da existência de Deus. Ao desencarnar, ela fora amparada, mas, indisciplinada, logo abandonou a colônia espiritual. Dizia-se suficientemente capaz de dirigir sua existência. Ficou deslumbrada com as possibilidades que a vida no momento lhe oferecia. Como encarnada, sentia-se presa. Agora que as possibilidades e a liberdade se apresentavam a ela, queria aproveitar. Estava aproveitando? Não. Sua vida tornara-se um vazio irritante e improdutivo. Um dia, pensou em voltar à colônia, mas sua vontade era débil, e Mônica deixou-se levar novamente pelas dúvidas.

Maria Emília captou pelos canais da alma a presença espiritual de Mônica. Elisa, preocupada com seus problemas, não a sentiu nem de leve.

— Maria Emília, eu sempre acreditei na vida após a morte, no entanto, vivo de modo errado. Acho-me perdida em mim mesma.

— Você nunca me falou o porquê de precisar levar essa vida. Se não gosta dela, por que não a abandona?

Elisa sentiu um aperto no coração. Levantou a manga da blusa e mostrou um hematoma enorme no braço direito. Maria Emília arregalou os olhos, enquanto a amiga lhe contava que era espancada por Tonhão se não levasse dinheiro para casa e que ela bem que gostaria de dispor de outra opção, mas não tinha como sobreviver. Os poucos parentes a abandonaram, e ela não tinha onde morar.

Lágrimas desceram por seu rosto abatido e triste. A baixa estima deixava suas marcas e derrotava a moça mesmo antes de a luta começar.

Maria Emília segurou as lágrimas. Não tinha argumentos para consolar a amiga.

— Elisa... seja forte. — Conseguiu dizer, esforçando-se para não chorar.

— Tenho vivido mais por inércia... Às vezes, gostaria que a terra me sugasse, que nada mais restasse de mim e que Tonhão fosse levado para o inferno e pagasse por tudo o que faz...

— Elisa, como pode aceitar uma coisa dessa sem reagir?!

— Já quis reagir e apanhei feito um cachorro sem dono. Ele é bem mais forte do que eu. O que posso fazer?

— Não estou lhe dizendo para se atracar com ele. É claro que você perderia. Existem outros meios. Procure a Delegacia da Mulher e dê uma queixa. Mostre esses hematomas. Nunca ouviu falar da Lei Maria da Penha?

— Acho que ele me mataria se eu o denunciasse. Sei que ele receberia ordens de não se aproximar de mim, mas... Se ele está na casa dele... eu teria de ir embora. E para onde eu iria?

Maria Emília deu um suspiro. A situação da amiga era realmente complicada.

— Olhe, Elisa, eu poderia te levar pra minha casa, mas lá seria o primeiro lugar onde Tonhão iria te procurar, porque sabe que somos amigas.

— Sei disso. Ele não obedeceria às ordens recebidas lá da Delegacia da Mulher. Iria até o fim do mundo para me levar de volta. É um vagabundo e vive à minha custa.

Mônica não perdia nenhuma palavra do diálogo.

"Acho que eu poderia ajudar Elisa a se livrar do Tonhão. Por quê, não? Estou do lado de cá, e ele não me vê. Posso lhe aplicar um corretivo e tanto. Agora sei que o desencarnado pode obsidiar o encarnado, que pode levá-lo, inclusive, à desencarnação e à loucura... E aquele traste não tem caráter. Seria ótimo poder ajudar Elisa. Eu estaria fazendo um bem ao mundo e a ela, pois aquele verme não merece nada de bom", pensou.

À noite, durante o repouso físico de Elisa, as duas se reencontraram e choraram abraçadas. Mônica lhe disse que estava propensa a castigar Tonhão, fazê-lo arrepender-se dos maus-tratos que praticava contra ela. Elisa assustou-se:

— Não, amiga. Eu lhe agradeço, mas não faça nada. Não quero fazer justiça com as próprias mãos. Deus está vendo tudo, e uma hora isso vai acabar.

Inconscientemente, Elisa sentiu-se devedora de Tonhão. Não sabia explicar, mas era como se um sino em sua mente a lembrasse sempre de que não deveria se vingar, pois era devedora dele no banco da vida.

Mônica ficou surpresa:

— Olha, amiga, não vá esperando muito de Deus. Já estou na espiritualidade e ainda não O vi, tampouco vi Jesus ou os anjos. O céu não existe nem o tão temido inferno. É tudo balela!

— Eu creio em Deus! Ainda não podemos vê-Lo, porque somos imaturos, porque nossa mente é muito limitada e o microcosmo não pode abarcar o macrocosmo. É como o ar que não vemos, mas o respiramos e sufocaríamos sem ele.

Tal explicação tão racional não saíra de seu cérebro, mas fora inspirada por seu anjo da guarda, que ultimamente fazia plantão junto à pupila.

— Se Ele é tão poderoso, por que não se mostra de forma mais clara? Ele não tem poder para suprimir nossas deficiências?

— Tem, mas não o faz. Não adianta forçar nosso amadurecimento. Tudo obedece a uma ordem cronológica no universo. E Ele não precisa provar nada a nós, simples mortais ignorantes. Quando tivermos "olhos de ver", nós O veremos.

— Nossa! Acho que você anda ouvindo muito a Maria Emília! Está até filosofando...

— Sinto que, quando estou livre do corpo, como agora, consigo pensar melhor, recordar, ainda que de forma nebulosa, alguns acontecimentos do passado. Procuro me lembrar a fim de não cometer os mesmos erros.

— Lembrar para quê? O que tá feito, tá feito... não tem mais jeito.

— É claro que tem jeito. Nós voltamos para corrigir. Não há perdão. O que há é oportunidade de retificação, de voltar atrás e recolher os cacos. Não adianta só se arrepender, só cultivar um remorso improdutivo... Temos de consertar o que estragamos, compensar o mal com a prática do bem.

— Mas Tonhão merece ser bem castigado.

— Olhe... uma coisa aprendi com a Maria Emília.

— O quê?

— Não é pelo fato de perdoarmos alguém, que esse alguém ficará livre de sofrer as consequências. Ele irá se ferir nos espinhos que plantou para si mesmo. É da lei, e ninguém foge a ela.

— E quanto ao que perdoou?

— Estará em paz com sua consciência e se libertará. Não carregará mais o peso do ódio.

— Nossa! De repente, você fala como grande conhecedora da vida!

As duas conversaram até a madrugada, quando Elisa acordou.

Estava tranquila.

— Sonhei com a Mônica. Que saudades! — disse a si mesma.

Capítulo 5

EM BUSCA DA VINGANÇA

O Espiritismo nos ensina que o inimigo desencarnado é muito pior do que o encarnado, porque age no anonimato, nos vê sem que o vejamos, nos inspira a cometer erros e se sente feliz quando consegue. Sábias foram as palavras de Jesus:

> *Assim sendo, se trouxeres a tua oferta ao altar e te lembrares de que teu irmão tem alguma coisa contra ti, deixa ali mesmo diante do altar a tua oferta, e primeiro vai reconciliar-te com teu irmão, e depois volta e apresenta a tua oferta. Entra em acordo depressa com teu adversário, enquanto estás com ele a caminho do tribunal, para que não aconteça que o adversário te entregue ao juiz, o juiz te entregue ao carcereiro, e te joguem na cadeia.[4]*

Tonhão, o gigolô de Elisa, tinha uma perseguidora implacável, tão mais perigosa, porque desencarnada.

---
4 Mateus 5,23-24.

Por muitos anos, estava à procura dele, sem conseguir localizá-lo. Chamava-se Telma. Fora esposa dele e muito sofrera em suas mãos. Perdera o filho nascituro por conta dos maus-tratos sofridos. Desencarnara com ódio no coração e jurara vingança.

O que mais a revoltou foi saber, depois de desencarnada, que nem bem ela esfriara no túmulo, ele já estava com outra. Ela o amara de verdade. Tonhão fora o único homem de sua vida e por ele fez os maiores sacrifícios, inclusive o de fugir de casa para acompanhá-lo.

Havia muito tempo que ela tentava localizar Tonhão, sem, contudo, encontrá-lo. Vagava a esmo, sempre alimentando o ódio e o desejo de vingança. Sabia que já estava desencarnada e que fora por culpa dele que morrera ainda tão jovem. Tinha a vida pela frente e fora brutalmente agredida. Sofrera um aborto, que resultou em uma violenta hemorragia, levando-a à desencarnação.

O ódio fere mais a quem odeia do que a quem é odiado. Somente a falta de fé e a incompreensão das leis sábias da natureza permitem que cultivemos o ódio no coração. O ódio em nada nos favorece, muito pelo contrário; manda buscar as doenças, as dores, a infelicidade. Quem odeia se liga mais ao seu desafeto e não conhece a paz da consciência tranquila. "É como tomar veneno e esperar que o outro morra."

Quando nos arvoramos em juízes e nos vingamos, provamos que não somos melhores do que aquele que nos ofendeu. Como disse Mahatma Gandhi, não somos fracos porque perdoamos, muito pelo contrário. É preciso ser muito forte para perdoar. Não nos esqueçamos de que estamos sempre precisando do perdão de Deus, pois muito temos errado e muito erraremos ainda.

Telma sofria e achava que só a vingança poria fim ao seu sofrimento.

Cegueira humana.

Infantilidade espiritual.

Desconhecimento das leis divinas.

Quase corria por entre mirrados arbustos, quando uma criatura fuliginosa parou à sua frente:

— Aonde vai com tanta pressa, Telma?

Ela assustou-se no primeiro momento. Depois reconheceu que quem assim lhe falava era alguém que convivera com ela no umbral. Estava ainda mais hediondo do que quando de lá fugiram.

— Você é o...

— Antenor. Lembra-se de mim?

— Claro. O que faz aqui?

— Estou meio perdido. Isto aqui é o inferno? Será que deixamos aquele lugar horrível e viemos direto para outro inferno?

— Não sei que lugar é este... Não sei há quantos dias estou aqui. Não sei quando é noite, quando é dia, porque a luz não chega até aqui.

— Telma, nós já morremos. Isso é certo. Onde estão meus parentes que morreram antes de mim?

— Não sei de nada. Tenho um nevoeiro também em minha cabeça. Um nevoeiro maior do que este em que estamos mergulhados.

— Você estava indo aonde com tanta pressa? Posso ficar com você? Detesto ficar sozinho.

— Fique à vontade, Antenor. Estou indo à procura do desgraçado do Tonhão. Por culpa dele, desencarnei. Sabe que ele me traía descaradamente enquanto estávamos juntos? Que foi por culpa dele que desencarnei?

— Você já me contou isso mil vezes lá no umbral!

— Lá no umbral... aqui também é outro umbral, seu tolo. Trocamos seis por meia dúzia. Mas vamos sair daqui também. Tenho um serviço a fazer. Tonhão que me espere.

Telma gravara indelevelmente os acontecimentos passados e fazia questão de não os esquecer.

— Sempre procurei agradá-lo e veja qual foi a retribuição dele!

— Tem alguma pista? Sabe por onde começar?

— Só algumas informações, mas sei que estou perto de encontrá-lo.

— Mesmo?

— Informaram-me de que ele está cada vez mais encrencado. Está jurado de morte por um rapaz que ele viciou e roubou. Gostaria muito de conhecer esse rapaz para ajudá-lo a dar cabo do miserável.

— Eu sei encontrar pessoas. Quer ajuda?

Telma viu renovadas suas esperanças.

— Claro que quero. Dois procurando é melhor do que um.

O nevoeiro tornara-se mais intenso. A fraca luz do sol não conseguia dissipá-lo e clarear o caminho.

De instante a instante, ouviam-se sons estranhos, lamentos, risos sarcásticos de criaturas que se movimentavam às cegas sem saber onde estavam. Depois, o silêncio. As trevas mais intensas. Por mais que os espíritos de luz se esforçassem, não conseguiam se fazer ouvir ou sentir por aqueles molambos que mais pareciam feras. Mas o bem é persistente, e os trabalhadores de Jesus e de Maria de Nazaré voltavam sempre àquelas furnas infernais. A qualquer momento, um daqueles sofredores poderia oferecer condições de salvamento.

A bondade do Pai não abandona seus filhos. Jesus afirmou que nenhuma ovelha se perderia do seu rebanho, de tal forma que mandava àqueles recantos tenebrosos de infelizes proscritos a salvação, porém, muitos deles, alucinados, alimentando o rancor, o ódio, o desejo de vingança, não percebiam ou desprezavam a ajuda.

Os que buscavam vingança fugiam à presença da luz. Sabiam que, se fossem dali retirados, não mais poderiam encontrar aqueles a quem perseguiam e a quem odiavam. Ignoravam que o mundo está assentado em leis justas e inexoráveis e que, mesmo que perdoemos, o ofensor não fugirá das leis divinas.

O perdão não é, até hoje, compreendido. O perdão liberta, enquanto a vingança escraviza. Ratificamos: o perdão que dermos ao outro não o livrará das consequências. Perdoar é seguir em frente. É não desejar se vingar; é deixar a Deus o corretivo. E isso não é vingança de Deus, pois Ele não castiga nem premia ninguém, conforme afirmação presente em *O Evangelho Segundo o Espiritismo*. Nós simplesmente colhemos o que semeamos. Lógica e justiça.

Quando perdoamos de coração, lavamo-nos das máculas que nos envenenam e sentimo-nos mais leves. Tecemos escadas para o céu.

"Perdoe sempre, não porque o ofensor mereça perdão, mas porque você merece a paz". Sábio é esse conceito. Quando odiamos, estamos punindo mais a nós mesmos do que o outro, estamos nos contaminando com energias densas e nocivas que são causadoras de doenças tanto físicas quanto psíquicas.

Telma não queria saber de nada. Perdoar aquele que lhe tirou toda a alegria de viver? Jamais! Tinha uma pedra no lugar do coração. Quando desencarnou, procurou Deus em vários lugares, sem saber que Ele era parte dela, pois que o Pai se integra ao filho e o filho ao Pai. Mas ela O procurava fora do seu coração. O sentimento de vingança que guardava era uma cortina espessa que a impedia de vê-Lo.

Ao desencarnar com ódio no coração, foi magneticamente atraída para o umbral pesado. O desejo de vingança fê-la fugir de lá e procurar Tonhão, pois não esquecera os sofrimentos que ele lhe impusera. Agora tinha esperança de reencontrá-lo. "Ninguém vai me impedir de cobrar uma dívida antiga", pensava com o ódio a corroer-lhe o coração.

Sabia que Antenor era muito inteligente e aceitou sua ajuda.

Mais alguns dias, e Antenor voltou radiante:

— Encontrei seu Tonhão. Sabe que explora uma moça? Ele a obriga a se prostituir para lhe dar dinheiro. Que safado!

— Parece que não mudou nada! Mas ele não perde por esperar.

— Está mesmo jurado de morte conforme você falou. Com que belo mequetrefe você estava unida, hein, Telma?

— Onde? Onde ele está? Soube se está casado? Quem é essa moça que ele explora?

Uma ponta de ciúme surgiu nela. Afinal, é tão tênue a linha que separa o amor do ódio...

— Sei lá se está casado. Sei lá quem é a moça. Não me preocupei em saber. Não sei como você não o encontrou. Para mim, foi muito fácil. Difícil foi sair deste lugar.

— Como você conseguiu fugir? Por que rodo em círculo e não encontro a porta de saída?

— Pensamento e vontade, minha cara. Foi assim que a encontrei aqui. Vou lhe ensinar como se faz. É mais fácil do que imagina. Pena que só agora me ensinaram a usar o poder da mente.

— Você pode me ensinar? Me levará até Tonhão?

— Claro. Só que isso tem um preço. — E abraçou Telma com pensamentos de luxúria.

Não se surpreendam, leitores. Espíritos ainda muito materializados conservam seus desejos carnais. Tudo que há aqui originariamente vem de lá. Não pensem que lá é que é igual aqui; aqui que é igual lá, conforme sempre ouvimos. O mundo real, o mundo que subsiste, é o espiritual. Conhecemos bem pouco a espiritualidade, por essa razão nos surpreendemos sempre. Há coisas que ainda não temos condições de entender. Nossos cinco sentidos não abrangem o entendimento do universo. Somente com as sucessivas existências é que alargamos nossos conhecimentos. Justo. A sabedoria do Criador é ilimitada.

Capítulo 6

A INCOMPREENSÃO GERA O MATERIALISMO

Elisa, após a prisão injusta que sofrera, estava diferente e silenciosa. A presença de Celeste, uma entidade luminosa a seu lado, a fazia introspectiva. Sentia um vazio, uma insatisfação, uma sensação de que tinha algo a realizar, mas não sabia o quê. Nos momentos de maior desprendimento, podia ouvir o espírito Celeste. "Elisa, não alimente ideias depressivas. A tristeza atrai doenças. E você, sintonizada com as forças trevosas, atrairá toda a escória espiritual. Procure esquecer. Perdoe-se, amiga. Só assim terá paz."

Conversavam, mas, quando ela acordava na manhã seguinte, lembrava-se vagamente do que conversaram.

— Elisa, você está diferente. O que aconteceu? Não está feliz por estar livre da acusação de assassinato? — perguntou Maria Emília.

— Claro! Estou aliviada! É que, sempre quando durmo, converso com uma pessoa. Uma pessoa boa, que tenta me convencer a não ter pensamentos de ódio contra o Tonhão. Parece que a conheço de outros tempos.

— Deve ser algum amigo espiritual. Sempre ouço falar que o guia espiritual tenta nos ajudar.

— É tudo tão estranho... Misturo presente e passado... amor e ódio. Talvez tudo seja coisa do meu inconsciente. Talvez eu não queira, realmente, me vingar de Tonhão, do que ele está fazendo comigo.

— Acho que você tem um anjo da guarda que está querendo evitar maiores aborrecimentos a você.

— Mas esse anjo não compreende minhas razões. É muito fácil falar em perdão, em paciência, em amor, quando estamos olhando do lado de fora, quando é com os outros...

As duas se calaram. Elisa respirou fundo e pensou que talvez Maria Emília estivesse com a razão.

※

Certa manhã, Elisa procurou pela amiga:
— Lia, nem te conto! Essa noite, eu revi minha vida. Senti que não estou agindo direito e que preciso rever meus conceitos. Orei muito e pedi que me orientassem.

— Ai, fale logo! Quer me matar de curiosidade?

— Calma. Vou começar contando um pouco de minha vida. Desta vida de agora, em que as lembranças ainda estão vivas.

— Pois fale logo, criatura!

— Minha mãe morreu quando eu tinha três anos. Meu pai era severo e às vezes me espancava. Nossa casa era um verdadeiro inferno. Não tinha paz ali e vivia aos sobressaltos. Quando fiz quinze anos, fugi de casa. Meu irmão mais velho já tinha debandado havia tempos, e eu nunca mais soube dele. Sem estudo suficiente para arranjar um emprego, optei pela "vida fácil". Poderia ter trabalhado como doméstica, mas meu orgulho não deixou. Sabia que era bonita e não me sujeitaria a lavar sujeiras alheias. Depois de algum tempo, percebi que alguns homens eram tão ordinários que às vezes não me pagavam e ainda me batiam. Então, apareceu o Tonhão. No início, era ele quem me arranjava os "clientes", mas depois se cansou: "Vou ficar por perto, mas é você quem vai procurar 'serviço'".

Maria Emília ouvia penalizada. Desde que conheceu Elisa, fora tomada de um sentimento muito forte. Foi como se reencontrasse uma irmã querida. O fato é que uma alma lê outra alma e que as amizades, algumas vezes, são de existências passadas.

Elisa, emocionada, havia parado de conversar. Respirou fundo. Depois de algum tempo, continuou:

— Nem é preciso dizer que muito me arrependi de ter tomado esse caminho. Fui morar com Tonhão. Não era mais ludibriada pelos clientes, porque ele era conhecido e respeitado. Até hoje sinto revolta em ter de vender o corpo para sobreviver. Quando sirvo os clientes, fecho os olhos e penso em minha mãe, sempre bondosa e solícita. É uma fuga, bem sei, mas de outra forma não suportaria. Também me revolto em ter de entregar o dinheiro a um vagabundo que me protege, mas também me mata um pouco a cada dia.

Maria Emília, também emocionada, disse:

— Nessas horas, apesar de crer em Deus, fico pensando em como Ele pode permitir uma coisa dessa! Como deixar o mais forte massacrar o mais fraco? Como deixar alguém como você à mercê de um desalmado e mau-caráter?

Seria realmente injusto se tivéssemos apenas uma existência, mas sabemos que encarnamos e desencarnamos muitas vezes, com a finalidade precípua de evoluir, de sanar todo o mal que existe em nós até nos reequilibrarmos com a Lei que um dia desrespeitamos.

— Estou muito confusa. Ultimamente, sonho quase todas as noites com aquele espírito bondoso que me anima a continuar na luta.

— Tá vendo, amiga? Você não está só. Vai ver que é seu anjo da guarda. Gostaria também de me comunicar com o meu.

— Lia, voltei ao passado enquanto estava naquela semiconsciência. Não sei bem explicar, mas foi tudo estranho, confuso, esmaecido.

— E o quê mais? — Maria Emília estava impaciente.

— Esse alguém me falava de uma existência passada... uma existência em que não valorizei as oportunidades de crescimento espiritual. Falava-me de uma porta estreita, por meio da qual era difícil entrar, e de outra larga, de fácil entrada. Depois dizia coisas como dificuldades e facilidades da vida. Não guardei quase nada do que ouvi. Tudo se embaraçou... Não sei muito dessas coisas de espírito.

Quem ajudava Elisa era Celeste, como já narramos anteriormente. O espírito amigo, que muito a amava, também lamentava aquela situação dolorosa de resgate cármico.

Na verdade, se não admitirmos a reencarnação, não podemos ver justiça divina. Não podemos compreender as diferenças de sorte. Jesus foi bem claro quando disse: "A cada um segundo seus atos"[5]. Ninguém foge às dívidas contraídas no banco da vida. Tudo são experiências que vivenciamos para podermos crescer. Deus não nos fez acabados, porque nesse caso estaria criando robôs. Ele nos deixou a incumbência de buscar a evolução, de desenvolver asas que nos levem e nos religuem a Ele.

Aquele, cuja riqueza serviu para arruiná-lo espiritualmente, renascerá pobre, simples, para aprender que todos nós somos responsáveis por nossos atos e que tais atos geram consequências positivas ou negativas. Para aprender que o dinheiro não nos

---

5 Romanos 2,1-11.

é dado para ser encarcerado em cofres, mas para gerar empregos e ajudar o progresso da humanidade.

Muitas vezes, é o espírito desencarnado que escolhe determinada situação de vida, a fim de se reequilibrar com as Leis que foram desrespeitadas. Ninguém pode voar alto se tem as asas atrofiadas.

O pobre poderá escolher renascer rico, embora saiba que correrá o risco de perder sua reencarnação, deixando-se dominar pelo orgulho e explorando o pobre. Mas todos nós temos de correr os riscos de uma existência na pobreza ou na riqueza. Experiência é uma realidade que não adquirimos por osmose ou com a vivência alheia. Felizes seremos se pudermos observar no outro as consequências dos seus erros e evitar aquele procedimento que originou a dor. O fato é que sempre achamos que conosco não acontecerá daquele modo, que somos mais espertos e que poderemos nos sair bem onde o outro se saiu mal. Não nos conhecemos realmente e muitas vezes achamos que podemos, por atos exteriores, enganar a justiça divina.

Infelizmente, ainda precisamos da dor, que funciona como um freio, um cutelo a evitar que nos afundemos mais nas ilusões da matéria. É sempre bom lembrar, contudo, que Deus não criou a dor; ela é consequência do nosso modo de ser, do nosso primarismo espiritual. Deus apenas permite que ela atue como método educativo.

Elisa era uma criatura revoltada, porque não tinha visão nem entendimento espiritual para compreender que Deus não privilegia alguns nem prejudica outros. Todos nós somos seus filhos e fomos criados simples e ignorantes. Ninguém, nem mesmo Jesus, deixou de passar por situações de dor durante suas existências. Jesus não é aquele filho privilegiado do Criador, mas adquiriu sua elevação, sua perfeição, sofrendo existências que lhe proporcionaram sabedoria e purificação. Se já fosse criado perfeito, nada daquilo que fez teria mérito. Qualquer um de nós faria o mesmo na mesma situação, pois seríamos perfeitos, e o perfeito nunca erra. E sem considerar que Deus estaria fazendo diferença em sua criação, usando dois pesos e duas medidas, privilegiando um e danando outros.

Algumas religiões, ao negar as reencarnações, criam materialistas. Incoerências de toda ordem são constatadas: o honesto sendo explorado pelo desonesto; o mal com prevalência sobre o bem; o pobre passando fome e o rico esbanjando alimento; uns feios, outros bonitos; uns perfeitos, outros aleijados. Essas incoerências levam-nos a duvidar da existência de Deus. Como entender as disparidades da sorte? Como não duvidar da justiça divina? Como entender o Céu e o Inferno? Para todas essas questões, as respostas estão na reencarnação. Negando a reencarnação, negamos Deus e sua justiça.

Em nossos parcos conhecimentos, aprendemos que carregamos o Céu ou o Inferno dentro de nosso coração. Que Céu e Inferno são um estado de alma e que cada um sempre colherá o que semeou, embora Deus ame também o mau semeador, pois Ele não quer a morte do pecador, mas sua redenção. Ninguém é mau eternamente, porque o mal também entedia, e a evolução sempre empurra para o alto.

O Espiritismo nos fala de regiões celestes aonde vão os justos. Seria, realmente, uma espécie de céu, porém, os eleitos não ficam ociosos, vagando no espaço, mas ajudando os que precisam, amando-os, esclarecendo-os.

E o Inferno? Os demônios de tridente na mão? O fogo incessante que queima sem interrupção? O demônio sempre querendo roubar as almas de Deus?

O Espiritismo ainda nos esclarece. Fala-nos do umbral, das cavernas, dos abismos criados por energias densas, oriundas da inferioridade moral daqueles que ali vivem. Se quiserem chamar de Inferno, fiquem à vontade. Se quiserem chamar de diabos os espíritos do mal que ali habitam, também não tem importância alguma. Nomes são apenas nomes.

Não! Deus não criaria um inferno para jogar suas criaturas. Se permite o sofrimento é porque temos necessidade dele para buscar os esclarecimentos de que precisamos para não errarmos mais. São as experiências que nos fazem crescer. Precisamos conhecer a pobreza para melhor utilizar a riqueza; conhecer as trevas para valorizar a luz; conhecer a dor para valorizar a saúde. Quando soubermos viver harmoniosamente tais situações, seremos naturalmente felizes, pois compreenderemos a justiça das reencarnações e não mais culparemos Deus por nossos sofrimentos. Lembremos ainda que o destino como determinismo não existe. Nós construímos o destino dia a dia. Isso posto, façamos hoje o destino do amanhã, como vivemos hoje o que fizemos ontem.

Elisa adoecera. Os médicos espirituais e Celeste, a boa amiga espiritual, muito ajudaram em sua cura. A medicina ajuda, mas o plano espiritual é que decide quem viverá e quem morrerá, exceto nos casos de acidentes provocados por nossa imprudência, em que o físico fica tão prejudicado que não há como preservá-lo. Assim, os espíritos entendem que a desencarnação é necessária. Nada podendo fazer para lhes devolver a vida, os ajudam a desencarnar.

Capítulo 7

PROVAS COLETIVAS OU IMPRUDÊNCIA?

A tempestade que caíra durante a noite deixara estragos nos toscos casebres e obrigara alguns moradores a procurar abrigo nas casas de parentes.

Lamentavam o prejuízo. Para eles, na maioria pobres a quem tudo faltava, reconstruir suas moradias, comprar novos móveis não seria nada fácil.

O córrego, em cujas margens alguns casebres foram construídos indevidamente — por falta de melhor opção, diga-se —, transbordara e inundara vários deles. O morro, muito molhado devido às intensas chuvas, veio abaixo levando com ele algumas casas e alguns moradores. Pedaços de madeira e muito lixo boiavam na superfície.

No ano anterior, próximo às eleições, o candidato a prefeito prometera que, se eleito, resolveria aquela situação precária. Ali eram quase todos eleitores. Os políticos sempre exploravam o reduto, visando a obter alguns votos. Os moradores os ouviam. Alguns eram céticos; outros estavam esperançosos. Havia até quem os abençoasse mesmo antes de as promessas serem cumpridas. Eram os mais humildes que se sentiam importantes por tê-los por algumas horas no seu convívio, por alguém ter se lembrado deles e por os ter valorizado. Longe de pensar que estavam sendo usados, que representavam apenas mais um voto e que depois seriam esquecidos bem como suas promessas. De umbigo colado nos balcões dos bares, as discussões acabavam em brigas e até em morte, cada qual defendendo seu candidato.

Um dos grandes problemas do Brasil e de outros países em igual situação é, principalmente, o descaso com a educação, com o meio ambiente e com os problemas sociais. Educar significa tornar o homem mais lúcido, mais crítico. Educar é fazer pensar, saber cobrar atitudes e mostrar os deveres e direitos de cada cidadão. Porém, nada disso interessa aos políticos corruptos, cujo objetivo é apenas o enriquecimento, ainda que ilícito; é a gorda conta bancária conseguida à custa da ignorância e boa-fé dos eleitores.

É sabido e repetido que a ignorância favorece os corruptos. Constatamos que educar e focar um pouco mais nos problemas sociais não têm sido prioridade do Estado e que, a cada governo, mais reduzida fica a verba para as necessidades públicas mais urgentes. Há dinheiro para tudo, mas, para beneficiar as classes mais necessitadas, ele míngua nos cofres públicos.

Elisa olhava, desolada, os destroços. Uma parte de sua casa fora preservada, mas a casa de Maria Emília já não existia.

— Meu Deus! Por que tudo isso?

Depois, olhando o céu, quase gritou:

— Deus! Será mesmo que você existe? Será que essa história de um ser maior, que zela por todos, não é consolo de pobre? Todas as vezes que precisei, você não me atendeu. Mônica devia estar certa quando dizia não acreditar em você! — gritou Elisa, enquanto as lágrimas lhe desciam rosto abaixo.

Quantas vezes raciocinamos assim? Achamos que Deus não existe, porque não atendeu aos nossos pedidos. Esquecemo-nos de que Deus não muda Seus desígnios por nosso pedir. Mesmo porque só sabemos pedir coisas materiais. Ignoramos que os bens materiais ficam aqui.

"Mas preciso também de bens materiais", muitos dizem. É claro que precisamos, contudo, saibamos buscá-los sem queixas improfícuas. Saibamos entender que temos nossas experiências a passar, nosso plano de vida adrede preparado na espiritualidade, em que, muitas vezes, nós mesmos pedimos dificuldades a fim de as superarmos para crescer. Quando vivenciamos experiências difíceis — não só a da pobreza material, mas toda e qualquer dificuldade —, com fé e trabalho, sem revoltas, saímos delas mais fortalecidos. Se, em vez de queixas ou pedidos para que elas nos sejam retiradas, as encararmos como algo provisório, sem acusarmos Deus ou o destino por nosso sofrimento, mas conservando a paz e a fé, veremos que tudo valeu a pena. Cresceremos e aprenderemos a ser humildes e compreensivos, subiremos mais um degrau na grande escada que nos religa ao Criador e nos distanciaremos mais das existências expiatórias.

    Geralmente, nesses casos, acusamos Deus e nos esquecemos de que fomos imprudentes e que a natureza não altera seu curso por causa de tais imprudências. Todavia, isso não tira a responsabilidade daqueles que nada fizeram para amenizar tais problemas. "Há necessidade de que o escândalo venha, mas ai daqueles por quem ele vier"[6].

— Nisso é que dá fazer casa em um lugar como esse! — disse um homem que também observava os destroços.

— Senhor Gervásio, não venha nos ferir mais do que já estamos feridos. Guarde sua opinião para si — disse Elisa com revolta mal contida.

— Não falei por mal. Mas aqui não é lugar seguro para construir suas casas!

— Não tivemos opções. Os bons terrenos custam caro! Acha que estaríamos aqui se pudéssemos estar em outro lugar mais seguro?

---

6 Mateus 18,6-11.

Elisa estava revoltada. O estrago fora grande. Os prejuízos, consideráveis. Depois de duvidar da existência de Deus, lembrou-se dos políticos e os amaldiçoou.

Ela era toda revolta. Sua aura tingia-se de cinza-escuro, e seus pensamentos criavam formas grotescas pelo ódio que sentia. Estava maldizendo os políticos, quando Maria Emília chegou:

— Que estrago, não, amiga?

— Nem me fale, Lia!

— Você teve sorte. Sua casa não foi levada totalmente. Já a minha... — disse Maria Emília.

— Perdi boa parte de minha casa, todos os móveis e as roupas. Ainda nem tinha acabado de pagar a geladeira...

As duas amigas suspiraram.

— Elisa, muito grata por ter me acolhido. Se não fosse você, eu não teria onde passar a noite. Eita vida madrasta!

— É... Dormiremos amontoadas no quarto que se salvou, mas pelo menos ficaremos protegidas.

Maria Emília olhou para os lados para ver se ninguém as olhava e confidenciou-lhe, falando baixinho:

— Elisa, sabe o Alfredinho, aquele garotão bonito que conheci na balada há algum tempo? Lembra? Já te falei dele... um gato!

— Sei quem é. O que tem ele? Vai dizer que está saindo...

Sem deixar Elisa terminar, Maria Emília puxou-a para dentro de um barraco parcialmente destruído:

— Pois é, menina! Estou saindo com ele. Ele quer que eu leve uma encomenda para o Rio.

Elisa sobressaltou-se.

— Que tipo de encomenda?!

— Ele não disse, mas me garantiu que vou ganhar um bom dinheiro caso aceite. A passagem e a hospedagem serão por conta dele. Ele me disse que serei regiamente recompensada. Dinheiro grosso!

— Não seja tola, Maria Emília! Ele quer te fazer de "mula". Com toda certeza, a tal encomenda é droga. Ele já deve ter percebido sua paixonite e quer usá-la. Saia dessa, Maria Emília! Ninguém dá nada de graça pra ninguém, não! Já ouviu o ditado: "Quando a esmola é demais, o santo desconfia?". Por que ele não oferece esse dinheirão para alguém da família dele?

— Elisa, você vê maldade em tudo! Se tudo der certo, posso, com o dinheiro, construir uma casa decente longe daqui, comprar móveis, eletrodomésticos e muitas coisas de que preciso e não tenho dinheiro pra comprar. E ainda ganho o gato.

Algumas sombras envolveram Elisa. Foram atraídas por ela mesma, quando deu vazão à revolta sentida momentos antes. Sentimentos negativos geram uma carga energética densa e são carregados de miasmas enfermiços, que obscurecem a razão.

Maria Emília voltou com seus argumentos:

— Vamos, amiga! Pense um pouco! Quanta gente faz isso? Quanta gente enriquece só transportando droga? A polícia, quase sempre, é conivente. Se for mesmo droga e me pegarem, não posso ser criminalizada, pois vou alegar que não sabia.

"É... Mas Deus saberá" — a consciência a advertiu.

Elisa riu da ingenuidade de Maria Emília. Não era assim que as coisas aconteciam. "A corda sempre arrebenta do lado mais frágil." A amiga, que parecia tão lúcida quanto à realidade espiritual e lhe dava conselhos, agora esquecera tudo com a perspectiva de enriquecimento. Ah, o dinheiro! O bendito e o maldito.

Os espíritos e a vasta literatura espírita nos têm advertido para a ilusão do dinheiro — principalmente do dinheiro fácil —, que corrompe as almas invigilantes. Dentre os vários testes aos quais somos submetidos, o da riqueza é um dos mais difíceis. Com o dinheiro farto, sentimo-nos acima do bem e do mal. Todas as portas abrem-se para nós, e o perigo de perdermos nossa reencarnação é muito grande. E nosso orgulho se exacerba de tal forma que perdemos o senso humanitário.

Maria Emília estava sendo testada, e, ao que parecia, tudo o que vinha aprendendo sobre humildade, honestidade, persistência no bem, poderia ir, tal qual fora sua casa, por água abaixo.

Deus permite que os maus testem os bons. Se estes vencerem, obterão mais luz; se errarem, sofrerão as consequências, porém, adquirirão mais experiências para evitar o erro futuro. É sabido que o vento tanto pode derrubar uma árvore como firmá-la ainda mais no solo.

Mais algumas ponderações da deslumbrada Maria Emília:

— Tenho quase certeza de que não serei apanhada. E será apenas uma vez. Uma única vez. Depois... nunca mais.

Elisa não concordava. Era muito arriscado, mas a perspectiva de melhora de vida da amiga, bem como a revolta que sentia ao ver tantas famílias desabrigadas, a fazia "balançar". "Afinal, o que tem de mais? Será apenas uma vez... Se tudo der certo, ela poderá até construir uma boa casa em um lugar não tão próximo a um rio. Talvez até me convide para ir morar com ela, afinal, somos como irmãs... uma socorrendo a outra nos momentos difíceis. Assim, talvez me livre do Tonhão..."

Elisa sabia que Tonhão não lhe daria sossego. Iria buscá-la em qualquer lugar que estivesse. Era violento e vivia armado. Abominava-o, mas não tinha aonde ir e ia ficando. Várias vezes, pensou em matá-lo, mas faltava-lhe coragem.

A oportunidade surgiu no dia em que foi agredida com mais violência, porque o movimento tinha sido fraco. Ele estava bêbado e quase inconsciente. Ela levantou-se e, pé ante pé, foi até a cozinha. Tirou um punhal afiado que escondia entre os utensílios de cozinha e, trêmula, aproximou-se dele. Tonhão roncava alto. Ela mirou no coração. Acabaria com ele. Não suportava mais apanhar e ter de vender seu corpo. Sempre tinha nojo de seus "clientes" sujos, de mau hálito, desdentados. Todos eles se sentiam melhores do que ela. Olhavam-na com desejo antes de se satisfazerem e com desprezo depois. Jogavam o dinheiro, sempre menos do que haviam combinado. Isso a fez exigir o pagamento antes da relação e os ameaçar. Muitos deles conheciam Tonhão e sabiam das consequências, caso não pagassem direito pelos "serviços" de sua protegida. Estava cansada daquela vida, de ter de varar as madrugadas à caça de clientes.

Agora era a hora da vingança. Sombras envolveram-na. Eram pobres espíritos que vadiavam por ali e que foram atraídos por seus pensamentos e sentimentos belicosos.

"Tonhão não verá o sol novamente", pensou.

Sustendo a própria respiração, aproximou-se. Porém, quando estava na iminência de desferir o golpe fatal, sentiu que sua mão se imobilizara. No mesmo instante, ouviu uma advertência: "Que pretende fazer, filha de Deus? Bem sabe que, antes de morrer, ele a matará também. E... esqueceu-se do quanto fez a ele em existência não muito distante?".

A voz indistinta de sua consciência calou-se, e ela baixou o braço. Com medo de não resistir e tentar mais uma vez, saiu no meio da noite e jogou o punhal no mato. Depois, arrependeu-se. Aquele punhal era de Tonhão, e, se ele pedisse conta dele, ela se veria em maus lençóis para explicar seu sumiço.

Após essas lembranças, que passaram céleres por sua mente, Elisa ouviu a reclamação de Maria Emília:

— Elisa? Você me ouviu? Acorde, mulher!

— Ahn? O que foi? O que estava dizendo? Me desculpe. Voltei ao passado e me enredei por lá. Mas o que foi?

Falando baixo e olhando desconfiada para os lados, Maria Emília repetiu o que dissera.

— Você é quem sabe, Maria Emília. Eu não teria coragem. Todo dia a polícia prende alguém por tráfico de drogas. São rigorosos, principalmente nos aeroportos.

— É... eu sei... Eles prendem sempre os pequenos, mas não prendem os graúdos. Com esses alguns policiais desonestos são coniventes. Poderiam prendê-los, mas daí secaria a fonte. É fácil prender as "mulas", mas não têm a mesma determinação com os traficantes responsáveis pela droga. Mas comigo será diferente! Sou esperta e sei como agir. E depois... será apenas uma vez.

A ilusão do dinheiro fácil tem levado muitos à derrocada moral.

Elisa pensava nos prós e contras. No fundo, estava preocupada. E se Maria Emília fosse presa? Ela era a única amiga que tinha.

— E então? O que me aconselha?

— Olhe, Maria Emília, como dizem, se conselho fosse bom eu venderia. Você já está bem crescidinha para decidir o que quer fazer. E... parece que se esqueceu dos conselhos que tem me dado. Quantas vezes me disse que o olho de Deus é grande?

— Arre! Que mau humor! Custa me aconselhar?

— Lia, se eu a aconselhar a não ir, um dia você vai me culpar, vai dizer que a impedi de ganhar um bom dinheiro. Se a aconselhar a ir, e você "der com os burros n'água", vai me acusar da mesma forma.

Tonhão chegou e acabou a conversa.

— Já não chega de apreciar as desgraças?

— Tonhão, o que vamos fazer?

— Perdemos quase tudo... Parte da casa ficou de pé, mas os móveis e as roupas se foram. Que azar! Mas daremos um jeito.

— Aonde vamos agora?

Antes que Tonhão respondesse, Maria Emília disse:

— Vou ficar na casa de uma prima, mas vou construir outra bem longe desse rio. Depois a Elisa pode, provisoriamente, vir morar comigo.

Tonhão não gostou da sugestão, pois isso significava ter de renunciar ao dinheiro sujo por algum tempo. Ele retrucou com sua habitual "gentileza":

— Nada disso. Eu me arranjo.

— Mas como, Tonhão?

— Vamos ficar na casa de meu pai. Ele tem uma casa boa e grande. Tem dois quartos sobrando. Desde que minha mãe faleceu, ninguém mais ocupou aqueles quartos.

Elisa não conhecia o pai de Tonhão, pois ele jamais falara da família. E, quando ela perguntava, respondia evasivamente.

— E seu pai mora sozinho lá? Não se casou novamente?

— Não se casou, não. Ele é meio estranho, tipo eremita. Não gosta do convívio social. Não gosta nem de mim. Só se dá bem com os cinco cachorros que tem.

— Se ele nem gosta de você, como será comigo? Tem certeza de que ele nos receberá?

— Deixe isso por minha conta. Sei lidar com isso. Ele é um turrão, mas sou ainda mais. — E gargalhou. Depois, puxou Elisa e lhe disse que, mesmo constrangida, teria de "trabalhar". — Agora, mais do que nunca — afirmou.

— Mas, Tonhão... Se nem roupa tenho? Foi tudo por água abaixo.

— Vou dar umas bandas por aí. Qual é mesmo seu manequim?

— O que pretende fazer? Roubar?

— Diga logo a porcaria do seu manequim. Tenho uma amiga que me deve favores e que emprestará alguma roupa. Se você caprichar e ganhar bastante grana nesta noite, poderemos comprar alguma coisa amanhã. Também preciso de roupas.

— Meu manequim é 38 ou 40, mas não estou gostando nada disso. Não tenho ânimo pra nada.

— Pois trate de ter.

— Quando iremos para a casa de seu pai?

— Amanhã. Já telefonei pra ele. Contei nossa desgraça, e ele, mesmo a contragosto, resolveu nos acolher. Desgraçado! Fez questão de dizer que é por pouco tempo e que apenas você ficará lá. Nem parece que é meu pai.

— Acho que você não foi um bom filho. Ele deve ter alguma razão para não o querer por lá.

— Ah... você não sabe de nada!

Tonhão saiu depressa a fim de tentar conseguir alguma roupa com a tal amiga.

Capítulo 8

VIVENDO DE FAVOR

Era quase noite, quando Tonhão chegou com as roupas. Manequim 48. Elisa desandou a chorar:

— Como quer que eu use isso?! Além de ser de péssimo gosto, é grande demais para mim! Vou ficar ridícula! Vai parecer que estou de camisola!

— Ora, diga que é moda! E não adianta espernear. Foi o que consegui. Minha amiga é gordinha... fazer o quê?

Elisa jogou as roupas no chão e, num acesso de raiva, pisoteou-as.

— Não tem graça nenhuma! Não quero isso.

— Você é quem sabe. Então vá "trabalhar" como Eva.

Elisa fulminou-o com um fero olhar. Tonhão, irônico, completou:

— Seus clientes vão gostar.

— Idiota — respondeu Elisa entredentes.

— E cuidado! Se estragar alguma peça, terá de pagar. Minha amiga deixou isso bem claro.

Maria Emília interveio:

— Elisa, minhas roupas são pequenas demais para você. O jeito é ajustarmos estas. Não são tão feias, e, à noite... quem vai perceber?

— Isso aí, magricela. Ajude Elisa. Essa imprestável não sabe fazer nada a não ser o que faz. — Riu, mostrando dentes amarelecidos pela nicotina.

Maria Emília ficou chocada. Não sabia como a amiga podia suportar alguém como ele. "Grosso! Imbecil!", pensou, mas nada disse. No fundo, tinha muito medo de Tonhão.

Depois de alguns ajustes, o vestido ficou mais adequado. Elisa jogou a calcinha num canto, com nojo. Lavou a que estava usando e vestiu-a molhada mesmo. Fazia calor, e ela logo secaria. No dia seguinte, se a noite fosse boa, compraria algumas roupas.

A noite chegou. Às trevas da noite juntaram-se as trevas da alma de Elisa.

Tonhão vigiava-a em seu desagradável "trabalho". A cada cliente que saía do hotel ordinário, ele aparecia para pegar o dinheiro. Elisa, pela primeira vez, escondeu algum. Se desse tudo a ele, não tinha certeza se ele realmente lhe compraria roupas.

Pela madrugada, quando cessou o movimento, Tonhão pegou o dinheiro e desapareceu. Elisa foi para a casa da prima de Maria Emília. À tarde, se mudaria para a casa do pai de Tonhão.

— Já tomou café? — perguntou Maria Emília.

— Sim. Tonhão me leva a um bar toda madrugada. Não por bondade, mas por medo de que eu adoeça e pare de lhe trazer dinheiro.

— Claro! Ele não quer que a mina seque.

— Sei disso.

— Não insisto para você ficar morando aqui, porque a casa não é minha. Mesmo eu estou aqui graças à bondade de minha prima. E bem sei que Tonhão não concordaria. Ou se acomodaria e não procuraria reconstruir a casa de vocês.

— Eu sei, amiga. Você tem razão... Além disso... esta casa é bem pequena. De qualquer forma, agradeço.

No entardecer, Tonhão chegou:

— Vamos logo. Já falei com meu pai. Você ficará lá provisoriamente. Aquele cara é safado. Ainda mais agora que ficou viúvo. Não lhe faça nenhuma concessão... a não ser que ele pague, claro. — Riu com deboche.

Elisa fingiu que não escutou. Às vezes, tinha vontade de ser um gigante e pisar no pescoço de Tonhão até vê-lo estrebuchar! Num esgar de revolta, perguntou:

— Você ficará lá também?

— Até ficaria, mas ele me expulsou. Não tenho paciência pra ficar ouvindo conselhos.

A casa era bem antiga, grande e arejada. Fora reconstruída e modernizada. Não parecia, nem de longe, uma casa com mais de um século de existência.

Jarbas, o pai de Tonhão, era sisudo e de pouca conversa. Mas fisicamente era bem bonitão. Alto. Moreno. Olhos de um azul profundo. Somente destoava do conjunto a boca, pois seus lábios eram finos, quase inexistentes.

Elisa quis abraçá-lo, mas ele fingiu que não percebeu. Tratou-a com educação, mas não queria nenhuma intimidade.

Ela sentia-se uma intrusa ali. Ao olhar o jardim malcuidado, foi tomada por estranha nostalgia. Era o mesmo jardim impresso em sua memória espiritual. Tudo o que nos marca fica indelevelmente registrado em nosso perispírito, e tais lembranças, a qualquer estímulo, afloram.

Elisa fez emergir dos seus arquivos mentais/espirituais as reminiscências já um tanto esmaecidas. "Acho que não estou bem da cabeça... penso cada coisa..."

À noite, as estranhas lembranças prosseguiram como cenas de um filme. Via-se como uma adolescente tentando consolar a mãe. Seu pai hipotecara a casa e não pudera pagar a dívida. O credor não tivera condescendência. Ela e a família foram postas na rua, impiedosamente. O passado também lhe mostrou quando se prostituiu pela primeira vez naquela existência. Depois de perder a casa, aquela mesma onde estava de favor agora, foram morar em um barraco abandonado ali por perto. Tinham fome. A família discutia sobre como haveriam de fazer. Todos tinham lágrimas nos olhos. Ela saiu furtivamente e só retornou bem mais tarde. Trazia uma cesta com alimentos e algum dinheiro. Seu pai quis censurá-la, mas a fome era maior.

Foi aí que a quase menina maculou sua alma pela vez primeira, mas fora movida pelo amor aos familiares e não sentiu nenhum desconforto moral.

Quando Jarbas soube da "profissão" de Elisa, surpreendeu-se e lhe deu um ultimato:

— Enquanto você estiver na minha casa, não sairá mais por aí vendendo seu corpo. Já pensou que pode pegar uma doença? Pelo menos usa preservativos para evitar as doenças e a gravidez?

Elisa corou de vergonha. De olhos baixos, sem coragem para o encarar, respondeu que sim, que sabia do perigo de doenças e se resguardava.

Jarbas repetiu, categórico:

— Então, já sabe. Nada de saídas para exercer sua "profissão". Nem de noite nem de dia. Fui claro?

— Mas o Tonhão vai querer dinheiro...

— Deixe o Tonhão por minha conta. Esse safado nunca prestou.

Elisa apenas baixou a cabeça. Estava envergonhada demais para dizer alguma coisa. E não queria parecer uma chorona aos olhos de Jarbas.

— Acho que você não conhece direito o traste do meu filho, senão não estaria mais com ele. Aquilo é só ruindade.

Ela assentiu com a cabeça e pensou: "Não sabe por que estou com ele? Eu iria morar onde? Comer o quê?".

— Há muito tempo, o expulsei daqui. Descobri que ele andava com uma turma da pesada. Drogava-se e tinha outros vícios mais. Era tão cara de pau que me roubava! Roubava o próprio pai!

— Disso eu não sabia, senhor Jarbas. Tonhão nunca falou nada sobre sua família.

— Acho que também não lhe contou o que fez com Telma.

— Que Telma? Ele nunca me falou de nenhuma Telma.

— O safado sabe esconder os podres.

Elisa esperava que Jarbas continuasse. Como ele se calou, ela interrogou:

— Fale, seu Jarbas. Quem foi Telma? O que Tonhão aprontou, afinal?

— Olhe, cuidado com ele. A Telma... pobre menina! Não merecia o fim que teve. Tão jovem ainda!

Elisa impacientava-se com aquelas digressões.

— Por favor, diga de uma vez. O que aconteceu?

— Elisa, o Antônio, há alguns anos, casou-se com Telma. A jovem, quase uma menina, engravidou depois de algum tempo. Antônio ficou possesso e sugeriu um aborto. A gravidez já ia adiantada, e ela queria muito a criança. Como se negava a interromper a gestação, ele a espancou tanto que Telma teve um aborto. Morreu algumas horas depois com uma severa hemorragia. Ainda me lembro de suas últimas palavras: "Desgraçado! Cão imundo! Você vai sofrer até pedir perdão por todos os seus pecados. Nunca vou perdoá-lo. Você nunca terá paz".

— Meu Deus! Sei que Tonhão não presta, mas que ele fosse um assassino... assassino da própria companheira... do próprio filho... Isso é cruel demais.

— Tonhão é mais besta do que humano, mas é meu filho... o que posso fazer?

Jarbas tinha lágrimas nos olhos. Afeiçoara-se a Telma e talvez tenha sido essa a gota d'água para que a revolta brotasse em seu coração.

Olhando Elisa com piedade, perguntou:

— Como se envolveu com ele? Parece-me que você é uma boa moça. Telma também era... Esse traste dá sorte com mulheres.

Elisa contou que, para exercer sua profissão e não ser explorada ou agredida pelos homens, precisava de alguém forte.

— Foi ele quem a levou a essa vida? Quem a prostituiu?

— Não. Quando o conheci, já ganhava a vida assim. Disso ele não tem culpa. Sou a única culpada.

A falta de conhecimento da vida e de educação pesaram muito. Encontrava-me num beco sem saída...

— E o dinheiro que você ganha?

— Entrego tudo a ele em troca de casa, comida e proteção... — disse, ainda de olhos baixos.

Jarbas balançou a cabeça num gesto de reprovação. Olhou demoradamente para Elisa, e algo fez seu coração estremecer. Como se lembranças esmaecidas tentassem aflorar do consciente.

— Vou recolhê-la aqui, mas ele que vá procurar a turma dele.

Jarbas acomodou Elisa em um bom quarto. Ela jamais tivera um aposento tão aconchegante. Uma janela grande, com cortina branca. A cama era de casal e muito confortável. Soube depois que era o quarto dos donos da casa. Quando a esposa faleceu, ele mudou-se para o quarto de hóspedes. Aquele cômodo lhe trazia a lembrança de Eleonora, a esposa sempre amada. Agora Elisa o ocuparia. A mobília do local era bem antiga. Além da cama, havia uma cômoda, um guarda-roupa, uma cadeira antiga e duas mesas de cabeceira. O quadro na parede estava com a moldura arruinada, mas era bonito. Mostrava uma moça, com uma sombrinha, caminhando por um jardim florido. Mais à direita, uma bicicleta enfeitada com flores. A moça estava vestida com um traje usado na *Belle Époque* e tinha uma expressão suave. De felicidade.

Elisa ficou contemplando o quadro por algum tempo. Sentiu um formigamento nos pés e depois nas mãos. Assustou-se quando viu, próximo à pintura, uma mulher, que a olhava com surpresa e raiva estampadas nos olhos.

Era o espírito desencarnado de Eleonora, que, há algum tempo, morava ali, resistindo em deixar aquela casa e Jarbas.

Indagava-se sobre o que uma mulher jovem e bonita estaria fazendo ali, no seu quarto. "Será que meu Jarbas já me substituiu?", pensava com o ciúme a lhe vergastar a alma.

Estava ali havia muito e nem tinha noção do quanto o tempo passara.

Elisa, como se o passado voltasse, viu-se menina, aconchegada ao regaço da mãe carinhosa. Naquele momento, reencontrava Donatella, a mãe de outra existência. Então, gritou.

Jarbas, assustado, entrou no quarto. Elisa estava trêmula, ainda perto do quadro, pois suas pernas se recusavam a sair dali.

— O que aconteceu, Elisa? Por que essa gritaria toda?!

Elisa, ainda tremendo, contou sobre a aparição. Jarbas era evangélico e nem podia ouvir falar em espíritos.

— Que besteira é essa, agora? Não há espírito algum aqui!

— Há sim, seu Jarbas. Eu vi perfeitamente! Não estou louca! Ela disse que é a dona desta casa!

— Olha, amanhã você irá comigo à igreja. O pastor vai lhe dizer que os mortos ficam dormindo até chegar o dia do juízo final e depois terão seus destinos acertados. Eleonora está lá. Está dormindo... esperando o dia do juízo final.

— Senhor... eu vi... Juro que vi! Não adianta pastor ou padre! Eu vejo e ouço espíritos algumas vezes. Precisamos ir a um centro espírita, isso sim.

— Centro espírita? Tá louca, criatura?! Não sabe que é pecado? Não sabe que Moisés proibiu a evocação dos espíritos?

Nossos irmãos, principalmente os evangélicos, batem sempre nessa tecla. Moisés proibiu a evocação dos espíritos, porque, àquela época, não se fazia nada sem consultar as pitonisas (médiuns). Para qualquer coisa que iam fazer, consultavam a espiritualidade; não sabiam decidir ou andar com as próprias pernas. Estavam se tornando completamente dependentes das orientações espirituais e, se assim continuassem, não cresceriam nunca. Então, Moisés proibiu. Por outro lado, ainda não havia chegado a hora de esclarecimentos mais amplos a respeito da espiritualidade. Isso se daria bem mais tarde, como aconteceu com a vinda do Espiritismo.

Elisa, ainda tremendo, conseguiu explicar que o Espiritismo era uma doutrina tão boa quanto qualquer outra e que o preconceito que sofria era tolo e sem nenhuma racionalidade.

— Ora, quem a ouve vai até pensar que é espírita. Você é? Porque, se for...

Não concluiu o que ia dizer. Ficou olhando para ela, esperando, talvez, ser convencido de que estava errado ao ser tão preconceituoso. Elisa percebeu que ele falava sem o menor conhecimento de causa. "Ouvira o galo cantar, mas não sabia onde."

— Não sou espírita, mas tenho uma amiga que frequenta uma instituição espírita e me explica muitas coisas. Também leio muito a respeito. Na minha profissão, não se tem religião — falou, mal contendo as lágrimas.

Elisa desconhecia que Jesus perdoara Míriam de Magdala (ou Maria Madalena) e que é possível se arrepender e escolher uma vida diferente. A determinação e a fé são alavancas infalíveis do progresso. Ela não sabia que na casa espírita todos são bem-vindos, pois que todos estão passíveis de cometer equívocos. Uma casa espírita não é nenhum tribunal onde se julga e condena, mas sim um lugar consagrado ao bem do próximo — encarnado ou desencarnado.

Jarbas olhou-a, já arrependido do que falara. Elisa, ainda com a imagem de Eleonora impressionando-lhe os sentidos, conseguiu dizer:

— Seu Jarbas... em um centro espírita, esse espírito poderá se manifestar e dizer o que quer. É um espírito feminino e não gostou de mim. Seus olhos queriam penetrar minha alma! Percebi que ela está sofrendo... Talvez seja conveniente mandar rezar uma missa ou fazer um culto lá na sua igreja. Eu iria a um centro pedir a intercessão dos bons espíritos. Alguma coisa tem de ser feita para ajudá-la.

 Elisa nem acreditou que pudesse dizer o que disse. Parecia que sua boca dissera algo em que nem ela mesma pensara. Que, de repente, assumira o comando e agira por conta própria.

 Tinha razão. O espírito Celeste, aproveitando sua passividade, soprou aquelas palavras no ouvido de Elisa. Apesar da vida irregular que levava, a moça era uma sensitiva e não cultivava maldade em seu coração.

 Agora, Jarbas irritara-se de fato:

— Se continuar falando de espíritos, ponho-a daqui pra fora como fiz com o Antônio. Era só o que me faltava! Pobre Eleonora! Ela que morria de medo de espíritos!

 Muitos têm medo de espíritos. Ora essa, por que o medo, se todos nós somos espíritos? Claro! Uns encarnados, outros desencarnados...

— Desculpe-me, seu Jarbas. Isso não tornará a acontecer. Não sei o que deu em mim. "Sei, sim. Fui inspirada a dizer tudo o que disse. Até senti a presença espiritual, mas nem sou doida de contar isso. Ele me botaria daqui pra fora a pontapés", pensou Elisa.

Jarbas sentou-se ao lado dela. Não queria dar o braço a torcer, mas também estava cismado, pois algumas vezes lhe pareceu sentir a presença da esposa desencarnada. No entanto, não acreditava nisso. Não acreditava que os espíritos pudessem voltar e até ser vistos. "Isso é coisa dos espíritas. Onde já se viu disparate maior? Os mortos ficam aguardando o dia do juízo final, quando ressuscitarão. Os espíritas dizem que renasceremos... isso de reencarnação... como pode?", pensava. Já não tinha, contudo, a mesma certeza, porque Elisa lhe descrevera as feições de Eleonora.

Ainda sob a influência de Celeste, sem poder barrar a comunicação, Elisa tornou:

— Ninguém fica dormindo até o dia do juízo final, seu Jarbas. O próprio Jesus, na entrevista com o rabi Nicodemos, não disse que era necessário nascer de novo?

Novamente, Elisa assustou-se. O que estava acontecendo? Ela não conseguia impedir que sua boca falasse. Jarbas mostrava-se irritado com aquela insistência. Prolixa, ela continuou:

— Por que é tão impossível o renascimento? Não é muito mais viável do que ficar dormindo eternamente? Não acha que isso é um atentado à sabedoria de Deus? Não é muito mais coerente e menos difícil renascer, como disse Jesus, referindo-se à reencarnação? Se acha isso improvável, como aceitar esse sono eterno? Estão dormindo até hoje os que já morreram há milhões e milhões de anos? Não será isso o mesmo que não punir os criminosos?

Jarbas levantou-se num salto:

— Acho que você está possuída! O demônio é que está falando por você. Preciso falar com o pastor imediatamente. — Saiu pisando duro.

Elisa ficou mais um tempo pensando em tudo o que dissera. "Pai santíssimo! Aborreci seu Jarbas. Será que ele vai me expulsar daqui? Senhor permita que não. Irei para onde?"

Já agora, depois de tantas negativas de Jarbas, já não sabia se vira mesmo o espírito Eleonora ou se tudo não fora obra do demônio, como ele afirmara. Mas não! Se fosse o demônio, não teria procurado orientar... falado em Jesus... na reencarnação... E ela experimentou uma sensação boa com a presença do seu guia espiritual. Com certeza, não fora o demônio. A não ser que o demônio tenha mudado de lado e agora trabalhava com Jesus e por Jesus, pensava.

Elisa não conseguia mais olhar para o quadro. Tão suave a expressão da moça com sua sombrinha...

Sem olhar, com medo de que a aparição lhe surgisse novamente, cobriu-o com uma toalha. Voltou a olhar para o jardim pela janela. O jasmineiro estava florido, e Elisa sentiu o suave perfume que dele exalava. Novamente, aquilo lhe pareceu familiar. "Desde que cheguei aqui, sinto-me estranha. O que será isso?", pensava.

Resolveu não pensar mais e foi até a casa provisória de Maria Emília. Contou-lhe detalhadamente tudo o que lhe acontecera.

— Maria Emília, foi incrível! Eu realmente vi uma mulher junto ao quadro. Acho que era a falecida esposa do seu Jarbas, mas, quando contei pra ele... menina! Ele ficou uma fera! Disse que eu estava possuída!

— Esse seu Jarbas é mesmo uma peça rara! Possuída! Que disparate!

— Sabe, a mulher-espírito... ela estava com um olhar tristonho e agressivo. Eu fiquei apavorada. Tive também a impressão de que a Mônica estava ali por perto e de que ficou conversando com ela. Senti mais segurança com a presença espiritual da Mônica. Mesmo do outro lado da vida, ela não esqueceu nossa amizade. Seu Jarbas disse que era o demônio que estava por trás de tudo, mas não acredito.

Maria Emília ouvia tudo com curiosidade:

— Elisa, você está impressionada com tudo o que lhe aconteceu. Tire isso da cabeça.

— Não estou impressionada. Muitas vezes, vejo espíritos e ouço vozes.

— Você deveria ir a um centro espírita. Quanto à ajuda da Mônica... não sei se ela teria condições de ajudar ainda que voltasse. Ela sempre foi meio destrambelhada.

Depois que conheceu o traficante Alfredinho, Maria Emília estava mudada. Fechara suas portas à espiritualidade, e as entidades benévolas respeitavam seu livre-arbítrio e não forçavam. Cada um tem seu tempo de conscientização. A fruta colhida antes do tempo não é saborosa e corre o risco de apodrecer antes de amadurecer. As experiências que temos de passar são intransferíveis. A decepção e o sofrimento por ter optado por um caminho errado, com certeza, nos farão crescer.

— Olhe, Lia, naquela hora, eu falei sem querer falar. Tive a impressão de que cedia, de boa vontade, minha boca para outro falar. Senti-me segura e tranquila, como se tivesse tomado um calmante. Gostaria que isso se repetisse. Foi uma sensação agradável. E tenho certeza de que aquele espírito será ajudado.

— Muito estranho tudo isso. Bem faço eu que não acredito nessas coisas.

— Não faz muito tempo, você acreditava. Até me ensinava alguma coisa, me emprestava livros... Agora está diferente. Quase não a reconheço.

— Pois é. A gente muda.

— É influência do garotão que queria te fazer de "mula"?

— Ele não falou mais nada sobre a tal encomenda.

— Claro! Primeiro, está conquistando sua confiança. Depois que tiver você nas mãos, caidinha por ele, pode esperar que fará o pedido novamente.

— Vamos ver. Mas é muita grana! Se eu conseguir, tiro o "pé da jaca"!

— É mais provável que você seja presa! Caia na real, amiga!

— Pode ser que sim, pode ser que não. Muitos conseguem.

— Você é quem sabe. Eu não faria isso! É muito arriscado.

Conversaram, trocaram ideias e puseram as fofocas em dia.

— Lia, vamos comigo comprar alguma roupa? Tonhão fez a "gentileza" — falou com ironia — de me dar algum dinheiro.

— Claro que vou. Quanto dinheiro você tem?

Elisa mostrou-lhe e contaram o dinheiro.

— Mas esse Tonhão é mão-de-vaca mesmo! O que pensa que vamos comprar com essa "fortuna"?

— Conheço um brechó onde há coisas boas. Outro dia, estive olhando. Tem roupa até com a etiqueta da loja. E o preço é bom. Dá para comprar pelo menos dois vestidos. Preciso deixar algum dinheiro para as roupas de baixo, que lá não tem.

— Vamos nessa!

Antes de ir, Elisa passou na casa de Jarbas para lhe dizer que iria ao brechó com Maria Emília.

— Vão mesmo comprar roupa? Elisa... já lhe falei que, enquanto você estiver aqui...

Elisa não deixou que ele terminasse:

— Nós vamos só comprar alguma roupa. Quero tomar banho e não tenho o que vestir.

— Está bem. Você tem dinheiro para isso?
— Tonhão me deu algum.
— Quanto?
— Cento e cinquenta reais.
Jarbas deu um riso de mofa:
— Com isso, você não compra nada!
— É que vamos a um brechó. Lá as coisas são mais baratas.
Jarbas foi ao quarto e voltou com três notas de cem reais. Entregou-as a Elisa.
— Vá a uma loja. Não compre roupa usada!
— Seu Jarbas, não posso aceitar! É muito dinheiro!
Maria Emília, disfarçadamente, deu-lhe um cutucão e disse rápida:
— O senhor tem razão. Pegue, Elisa... Ele está oferecendo de bom coração.
Com medo de que ele fosse cobrá-la depois, em "concessões", como dissera Tonhão, Elisa relutava.
— Não posso aceitar. Tonhão brigaria comigo. Conheço o peso da mão dele!
— Por que ele tem de saber? Minha filha, não conte tudo a ele. Pode crer! Antônio não merece sua sinceridade. Aquilo não vale nada!
Maria Emília pegou o dinheiro e guardou-o:
— Pode deixar, seu Jarbas. Irei à loja com ela, e compraremos algumas roupas boas e bonitas.
Jarbas sorriu. Recomendou às duas que tivessem juízo e voltassem antes de escurecer.

As amigas procuraram uma loja em que as roupas eram bonitas e não tão caras. Saíram carregadas de pacotes. O dinheiro rendera bastante.

Começava a escurecer quando chegaram à casa de Jarbas. Tonhão e o pai estavam conversando acaloradamente.

— Antônio, você não é bem-vindo aqui! E está com um cheiro horrível de maconha! Saia já daqui. Você é um caso perdido. Ainda bem que Eleonora está morta e não pode ver em que o filhinho querido se tornou.

Muitas vezes, os pais não dão limites aos filhos e os mimam demais. É bom demonstrar amor, porém, é preciso ter equilíbrio. Os extremos são sempre nefastos. Amar não é só dizer sim. Não é fechar os olhos para as tendências negativas dos filhos. Não é lhes conceder tudo. Amar é estar sempre presente e atento. É sondar as tendências dos filhos e, se negativas, corrigi-las a tempo, pois é na infância que se formam os caracteres.

Eleonora mimara demais o único filho que tivera. Fizera-lhe todos os gostos. Não soubera lhe dizer não. Interpunha-se entre o marido e ele, impedindo que o garoto fosse advertido com energia. Ainda criança, Tonhão já era um ditadorzinho safado. Gostava de irritar o pai, pois sabia que a mãe o defenderia. Quando jovem, não quis estudar. O pai, então, arrumou-lhe emprego em uma casa de materiais para construção. Ele seria um vendedor. Eleonora, contudo, ficou histérica, dizendo que não estava criando seu filho com tanto zelo para vê-lo atrás de um balcão com um uniforme encardido. Afirmou que convenceria Tonhão a voltar ao colégio, e se ele estivesse empregado, não teria tempo para estudar.

Antônio não fez nem uma coisa nem outra. Tornou-se um parasita, explorando e roubando o pai. Quando lhe faltou dinheiro, começou a vender drogas e a aliciar os incautos. Um dia, porém, acompanhado de maus elementos, viu-se quase obrigado a segui-los. Fumou maconha pela primeira vez. Daí a passar para a cocaína foi um pulo.

Quando a mãe morreu, Jarbas, cansado de ver que o filho não tomava jeito, expulsou-o de casa. O resto já sabemos.

Agora que perdera sua casa, Tonhão não teve nenhum escrúpulo em procurar o pai para pedir-lhe ajuda.

— Já lhe disse que não o quero aqui. E é para seu bem...

— Como assim para o meu bem?! Me manda embora e diz que é para o meu bem?

— Antônio, você está lembrado do Agnaldo? Aquele rapazinho que você viciou e roubou sem a menor piedade?

— Não foi bem assim. Eu não o roubei; apenas peguei o que ele me devia. O que tem ele? Já nem me lembrava mais disso.

— Pois saiba que ele não esqueceu. Tem-lhe ódio. Vejo-o sempre por aqui, olhando. Com certeza, está procurando-o. Prometeu que vai acabar com sua vida. Saiba que ele anda armado e está cada vez mais dependente das drogas. E por sua culpa. Você o aliciou e tirou dinheiro dele o quanto pôde.

Tonhão ouvia. Elisa aconselhou-o a ir embora antes que Agnaldo o encontrasse e só Deus poderia saber o que aconteceria. Apesar de não amar o companheiro, ela não queria que ele fosse assassinado. Sempre que desejava isso, seu inconsciente lembrava-a de que ela, um dia, lhe fizera muito mal, que estava se reequilibrando com as leis divinas aviltadas.

Tonhão perguntou-lhe se estava gostando da casa e se o pai não tinha tentado nada. Elisa não respondeu; estava pensando em Telma.

— Tonhão, por que você nunca me falou sobre a Telma?

— Já vi que ele andou fofocando.

— Não foi fofoca. Ele apenas me contou algo que você deveria ter me contado há tempos.

Tonhão irritou-se e disse entredentes:

— Olhe aqui, você não tem nada a ver com isso. Não meta o bedelho onde não foi chamada. Já passou! Não levante o defunto!

— Mas você poderia ter me contado. Não confia em mim?

— Não. — Foi curto e grosso.

Tonhão ficou amedrontado com o que o pai lhe dissera sobre Agnaldo. Esperou escurecer um pouco mais e se foi.

Elisa mostrou a Jarbas as roupas que comprara. Estava feliz. Fazia muito tempo que não se sentia assim. Dormir cedo, sem ter de passar a noite buscando fregueses e vendendo o corpo, era muito bom.

Maria Emília estava surpresa. Conhecera a casa e percebera que Jarbas estava muito bem de vida. Falando baixo para não ser ouvida, disse:

— Amiga... você está muito bem acomodada! O pai do Tonhão, além de rico, é bonitão!

— Rico, rico, ele não é. Digamos que é classe média. Mas não quero explorar ninguém. Assim que Tonhão reconstruir nossa casa, quero voltar. Não posso me acostumar a viver nesse conforto todo.

— Não seja boba! Onde você aprendeu a ser tão decente assim?

— A forma como ganho a vida não é nada decente.

— Ora essa. É um serviço...

Parou no meio por falta de justificativas plausíveis e mudou de assunto.

— Menina! Nem lhe conto!
— O quê?
— Sabe, o Alfredinho...
— Sei. Você está toda assanhada por ele.
— Até você ficaria. O cara era um gato!

— Era? Não é mais?

— Aí é que está a novidade... a novidade bem triste!

Maria Emília estava com a voz embargada e esperou um tempo para continuar.

— Fale de uma vez! O que aconteceu?

— Você ouviu o tiroteio de sábado passado?

— Não ouvi nada!

— É... você agora mora longe de lá. É uma dondoca...

— Não fale bobagem. Conte logo o que aconteceu.

— Pois, menina, houve um tiroteio. Eram os traficantes disputando ponto de venda de drogas. Foi uma mortandade que só vendo. E entre os mortos o meu gato lindo. Ah... que desperdício! — fungou.

— Deus sabe o que faz. Não fosse isso, ele a teria convencido a levar a droga pra ele. Com certeza, você seria presa. A polícia anda esperta com isso.

— É... pode ser. Mas já estava gostando bastante dele.

— Agora é esquecer. Botar um pouco de juízo nessa cabeça de vento. Você já tem vinte e oito anos e está mais do que na hora de pensar como adulta.

Olhando com mais seriedade para a amiga, Elisa completou:

— Você nem parece a mesma. Depois que se envolveu com o tal bonitinho... Bonitinho e ordinário, né?

— Mais respeito com os mortos. Por falar em mortos, ouvi dizer que você está se convertendo ao Espiritismo.

— Só estou lendo um romance mediúnico. Estou achando muito coerente, muito verdadeiro. A Regiane, você conhece, ficou de me trazer também um tal de *O Livro dos Espíritos*.

— Depois você me empresta? Agora fiquei curiosa. Faz tempo que deixei de ir ao centro e de ler.

— Claro.

⁂

Um véu negro caía sobre a cidade, quando Maria Emília chegou à casa da prima, em que ficaria até reconstruir a sua. No fundo do coração sentia inveja de Elisa. "Ah... se fosse comigo, eu haveria de conquistar o bonitão do Jarbas. Não sei como, com todo aquele charme, ele ainda não se casou. Elisa é tão careta! Sei que não saberá aproveitar..." Mas pensou no seu "gato" morto e voltou a ficar triste.

Capítulo 9

O INÍCIO DA OBSESSÃO

Obsessão é a atuação, a influência constante de um espírito sobre uma pessoa. Há várias gradações de obsessão, desde as mais simples até as mais complexas, que são de difícil cura, causam doenças físicas e mentais e podem levar até a desencarnação do obsidiado.

Há a obsessão do desencarnado sobre o encarnado; do encarnado sobre o desencarnado; de encarnado para encarnado; de desencarnado para desencarnado; e a auto-obsessão, em que a pessoa, por meio de pensamentos infelizes, obsidia a si mesma e se torna seu próprio algoz.

Com a ajuda de Antenor, Telma localizou Tonhão e aproximou-se. Sondou seus pensamentos, mas não descobriu neles nenhuma lembrança de mulher. Somente percebeu a imagem de Jarbas envolta em um alo escuro. Tonhão estava com muita raiva do pai.

"Seu traste! Não respeita nada nem ninguém. Por que será que está com tanta raiva do pai? Jarbas sempre foi boa gente. Um tanto intransigente, mas boa gente", pensou Telma, enquanto se ligava mentalmente a Tonhão.

Com tal estímulo, Tonhão lembrou-se dela: "Telma... onde você está? Será que está no céu, no purgatório ou no inferno? Não era má pessoa, então, deve ter passado pelo purgatório e agora está no céu. Aposto que nem se lembra mais de mim", pensou.

Ainda hoje muitos acreditam em céu, purgatório e inferno. Esquecem-se de que, no mapa do universo, jamais encontrarão tais lugares. Nenhum GPS os levará até lá. Podemos até chamar de céu os lugares onde existam paz e felicidade e de inferno onde imperam a dor, o sofrimento, a maldade. O purgatório seria os lugares de sofrimento, onde o espírito fica por algum tempo até oferecer condições de ser tirado de lá. Seria o umbral, do qual fala a vasta literatura espírita?

Telma, que estava atenta aos pensamentos de Tonhão, percebeu que fora lembrada.

"Antenor tinha razão. Quando queremos alguma coisa, é só mentalizar e desejar com vontade que as coisas acontecem. Quis que Tonhão se lembrasse de mim e ele se lembrou. Isso quer dizer que posso influenciá-lo. Enfim, vou me vingar." Riu, satisfeita.

Pobre de nós seres ainda tão pequenos! Fazemo-nos de juízes, embora tenhamos tantos débitos ainda para saldar. O ódio e o consequente desejo de vingança são como um espinheiro; fere mais a quem o cultiva. A vingança é um ácido corrosivo, que vai pouco a pouco corroendo o vingador. Vejamos o que *O Evangelho Segundo o Espiritismo* diz sobre a vingança no seu capítulo XII – Amai os Vossos Inimigos:

> *A vingança é um dos últimos resíduos dos costumes bárbaros, que tendem a desaparecer dentre os homens [...] a vingança é um índice seguro do atraso dos homens que a ela se entregam [...].*
> *O espírita tem ainda outros motivos de indulgência para com os inimigos. Porque sabe que a maldade não é o estado permanente do Homem, mas que decorre de uma imperfeição momentânea, e que da mesma maneira que a criança se corrige dos seus defeitos pela boa educação, o Homem mau reconhecerá um dia os seus erros e se tornará bom. Sabe, ainda que a morte só pode livrá-lo da presença material do seu inimigo, e que este pode persegui-lo com seu ódio, mesmo depois de haver deixado a Terra.*

Hoje, já um pouco mais amadurecidos espiritualmente, com certeza não temos tais desejos para com aqueles que nos prejudicaram ou prejudicam. Todavia, não conseguimos esquecer, e, todas as vezes que nos lembramos, um sentimento amargo de revolta nos visita a alma. A raiva vai tomando corpo e, se lhe dermos força, ela se transformará em ódio. O esquecimento da ofensa é fundamental para nossa felicidade. Esquecer e perdoar são atos inteligentes, pois por meio deles nos libertamos. Não podemos ser felizes abrigando no coração uma erva daninha, que, para vicejar, se aproveita de nossos sentimentos inferiores.

Tonhão acabara de chegar à casa de um amigo. O pai não o queria por perto, então ele procurou por Brayan.

— Olá, Brayan. Posso passar uns dias aqui com você? — Foi logo dizendo.

— Claro, sempre fomos amigos. Somos tal e qual a um casal que se ama... Na alegria e na tristeza; na doença e na saúde... — Riram, embora Tonhão não tivesse nenhum motivo para isso.

O apartamento era pequeno, mal-iluminado e cheirava a mofo, mas Tonhão não estava em condições de escolher.

— Mas o que o traz aqui a meu humilde apartamento? Elisa lhe deu um chute no traseiro?

— Minha casa foi levada na última chuva. O morro deslizou e levou parte dela. O rio transbordou. Poderia morar no cômodo que sobrou, mas ele foi interditado.

Telma seguira o ex-companheiro e entrara junto no apartamento. Tonhão atirou-se em um sofá, enquanto Brayan abria uma cerveja.

— Vamos, cara! Ânimo! A vida não acabou só porque você perdeu um barraco e alguns móveis velhos!

— Cara! Vá rindo, vá... Você não sabe o que é não ter casa pra onde voltar.

— Você ainda explora a coitada da Elisa?

— Quem lhe disse isso, cara? Eu dou a ela casa, comida, boas roupas... É justo que ela trabalhe um pouco para mim, ora essa!

Telma prestava muita atenção naquela conversa. "Gigolô descarado!", pensou com muita revolta. Os amigos continuaram a conversar.

— Onde Elisa está? Por que não veio com você?

Tonhão contou que ela ficara com seu pai, mas que ele fora expulso feito cachorro louco. Falou que nunca se deram bem e que talvez até se odiassem.

Brayan riu:

— Sabe que também não morro de amores pelo meu velho. Adorava minha mãe, mas dei muito desgosto a ela.

Tomaram cerveja até tarde da noite. Quando já estava bem embriagado, Brayan foi envolvido por Telma, que lhe assoprou ideias maliciosas.

— Olhe aqui, Tonhão... eu não deixaria Elisa ficar sozinha com seu velho. Ela é muito bonita e sensual, e seu pai não está morto, não! Se fosse ele... eu não perderia a oportunidade. — E fez um gesto obsceno.

— Feche sua maldita boca! Nem me fale uma coisa dessas, pois eu posso te matar! Respeite-me e respeite a Elisa.

— Respeitar você? Respeitar a Elisa? Ora... não me faça rir.

Tonhão, também já alcoolizado, agarrou-o e quase o ergueu do chão. Estava possesso.

Brayan, pego de surpresa, conseguiu se safar com esforço. Tonhão era bem mais forte do que ele. Então, pegou um revólver e apontou para Tonhão:

— Saia agora mesmo daqui! Se não sair e insistir em ficar, eu te mato. Está em minha casa de favor e ainda ousa me afrontar? Pensa que vou apanhar quieto como a Elisa? Bater em mulher é fácil, seu canalha! Quero ver bater em homem.

— Ora essa! Se fosse tão homem, você não precisaria de uma arma.

O álcool já fazia estrago. Os dois, amigos até então, agora se atritavam como cão e gato.

— Preciso, sim, de uma arma. E vou te matar, se não sair já de minha casa!

— Espere aí, cara! Vire essa arma para lá. Já estou saindo. Calma. Calma.

Telma estava satisfeita. Conseguira, sem muito esforço, colocar as palavras na boca de Brayan. Ela o lembrara da arma na gaveta e gostaria que ele matasse Tonhão. Sua vingança começara.

Na rua, sem ter para onde ir, Tonhão caminhava com dificuldade. Às vezes, tinha de se encostar em algum poste para não cair.

"Que desgraçado o Brayan! O que vou fazer agora?", pensava.

Telma estava satisfeita em ver que Tonhão estava na pior. Aproximava-se dele e assoprava-lhe desaforos, que ele captava nebulosamente.

Andava sem destino, quando viu um morador de rua enrolado em um cobertor imundo. "Quer saber? Vou precisar de um cobertor", pensou.

Do pensamento à ação, Tonhão apossou-se do cobertor e pôs o mendigo a correr.

Telma riu até não poder mais ao vê-lo deitar-se embaixo de uma marquise e cobrir-se com aquele cobertor imundo e cheirando à urina.

"Cafajeste! Você não merece nem esse cobertor fedido."

Tonhão revirava-se e não conseguia dormir. Mesmo anestesiado pela quantidade de álcool que ingerira, a dureza da calçada maltratava-o. O cheiro do cobertor também estava insuportável. Lembrou-se de sua casa, de sua cama, do corpo morno de Elisa e foi tomado de um ódio feroz contra toda a humanidade.

Ao seu lado, Telma estava feliz. "Agora, vou esperar que esse mequetrefe durma para que me veja e sinta meu ódio. Então, ele saberá que não morri, que estou mais viva do que nunca e que ele não se livrará de mim assim tão fácil."

Tonhão não conseguia conciliar o sono. Repassava os últimos acontecimentos e não admitia que estava naquela situação pelos caminhos errados que tomara. "Meu pai... nem meu pai quis me receber em sua casa... Acho que aquele desgraçado quis ficar sozinho com a Elisa."

Enquanto seus fantasmas desfilavam por sua mente agitada, Tonhão fazia planos de vingança: "E o Brayan, hein? Aquele safado não perde por esperar... expulsou-me como se nunca tivéssemos sido amigos".

Telma deitou-se ao seu lado. Por alguns minutos, esqueceu o ódio e sua vingança. Acariciou-o por alguns instantes, e ele, de alguma forma, sentiu esse contato e pensou nela. "Telma, pobre Telma! Tenho pensado nela ultimamente. Por que será?"

Telma, que estava concentrada nele, captou aqueles pensamentos. Lembrou-se dos maus-tratos que sofrera em sua companhia e do filho que não chegara a nascer por culpa dele. Então, não se permitiu perdoar. "Esse desgraçado tem de sofrer. E eu me encarregarei disso."

Levantou-se e ficou esperando que Tonhão adormecesse. Dali a instantes, ele foi saindo do corpo, e Telma agarrou-o. Ele assustou-se e retomou imediatamente seu corpo.

O corpo material é nosso refúgio. Os obsessores desencarnados ficam frustrados quando querem nos agredir e nós nos abrigamos no corpo. Eles, contudo, são persistentes. Se não conseguem em um momento, tentarão em outro, mas, enquanto não compreenderem a necessidade de perdoar e seguir em frente, não darão sossego. Em todo processo obsessivo não existem inocentes, mas sempre um credor e um devedor.

"Covarde! Canastrão! Agora treme de medo! Mas um dia te pego de jeito. Espere pra ver", rugiu Telma, decepcionada por não poder agredi-lo.

Inconformada, saiu em busca do mendigo que perdera seu cobertor. Encontrou-o conversando com outros moradores também em situação de rua. Sua intenção era instigá-lo a se vingar de Tonhão. Nem foi preciso tanto, pois o homem contava aos companheiros o que tinha acontecido. Alguns deles se dispuseram a acompanhá-lo e dar uma lição no ladrão.

Telma sorriu e soprou mais ódio nos ouvidos deles. Quatro. Quatro homens e mais o que fora roubado partiram de volta para onde Tonhão tentava dormir, sem, contudo, conseguir.

Ele mal teve tempo de reagir. Um dos homens pegou-o pela garganta e tentou enforcá-lo. Outro dava-lhe pontapés, enquanto o dono do cobertor cheirando à urina lhe dizia desaforos e se apossava novamente do que lhe fora roubado. Outros dois esperavam que sobrasse alguma coisa dele para também entrarem na luta. Telma olhava e divertia-se. Uma pontinha de piedade ameaçou toldar sua felicidade ao ver o sangue escorrendo do nariz de Tonhão, mas foi apenas uma leve brisa no vendaval de sua mente. Logo o ódio voltou, e ela julgou-se feliz. Feliz? Não! Ninguém consegue ser feliz fazendo o outro sofrer. É possível ter prazer no primeiro momento, contudo, a consciência incomoda depois. Ainda que a pessoa mereça o sofrimento, não cabe a nós ser a mão vingadora. Não temos qualificações para sermos juízes, porque ainda carregamos máculas em nossas almas.

Tonhão apanhou como jamais apanhara em sua vida. Era forte, mas estava completamente bêbado. Teria morrido se um guarda que por ali passava não houvesse intervindo. Telma, agora, não queria que ele morresse, apesar de tudo. Achava que a morte seria um prêmio para ele. Não! Ele precisava viver e sofrer!

O guarda aproximou-se de Tonhão:

— O senhor está bem?

— Estou ferido, mas não é grave. Muito obrigado, seu guarda. Se não fosse o senhor, a estas horas eu estaria morto. Esses desgraçados, apesar de subnutridos, são bem fortes e atacam aos bandos.

— Mas o que aconteceu? Por que a briga?

Tonhão pigarreou e depois mentiu:

— Não sei. Estava passando por aqui, em paz, quando eles me atacaram. Acho que queriam me roubar, mas, como não tinha dinheiro, ficaram furiosos.

— O senhor está bem ferido. Acho mesmo que seu nariz está quebrado.

— Pode deixar. Vou pra casa e, se for preciso, procuro um hospital.

Telma, que ouvira toda a conversa, não ficou surpresa com as mentiras.

"Mas que cara de pau! Como o canalha sabe mentir com naturalidade."

Tonhão estava todo dolorido. Um dente ficara seriamente comprometido. Embaixo do olho direito já se formava um hematoma. O sangramento do nariz parara, mas o rosto continuava dolorido. Sua roupa estava rasgada, e ele parecia um mendigo. Um mendigo que não tinha onde dormir nem um cobertor cheirando à urina.

Então procurou um jardim e deitou-se no banco duro. Passou a noite em claro. Todas as vezes que tentava dormir, sentia a presença de Telma e voltava ao corpo. Estava com muito medo. As recordações do tempo em que vivera com ela, as agressões que lhe fizera, o filho que ela perdera por seus maus-tratos, tudo lhe vinha à mente, estimulado pela presença espiritual de Telma.

Já amanhecia quando Telma, cansada de esperar que ele adormecesse e baixasse a guarda, foi em busca de Antenor. "Antenor deve saber como eu devo proceder para ter uma conversa com Tonhão... assim... frente a frente. Ele precisa ouvir algumas verdades."

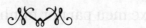

Elisa estava muito confortável na casa de Jarbas. Tinha seu próprio quarto, alimentava-se bem e pedia a Deus que Tonhão nunca mais aparecesse. Jarbas era reservado, não falava muito, embora, às vezes, ela o surpreendesse olhando-a. Quando os olhares se cruzavam, ele ficava vermelho e sem graça. Elisa passou a sentir carinho por Jarbas. Gostaria que Tonhão tivesse um terço da educação e decência do pai, mas o que ele tinha de sobra era mau-caratismo.

Tonhão, após a noite no banco do jardim, ainda roxo e dolorido, perambulou por algum tempo. Agora, a fome também o maltratava. Resolveu tentar mais uma vez convencer o pai a deixá-lo ficar ali. "Quem sabe ao me ver assim, ferido, ele não seja tão cruel e não me mande embora? Afinal, sou seu filho", pensava enquanto se dirigia para lá.

Depois de algum tempo, quase se arrastando, chegou e tocou a campainha.

Quem o atendeu à porta foi Elisa. Assim que ela a abriu, Tonhão empurrou a moça e entrou feito um furacão.

— Deixe-me entrar. Esta casa é minha também, sabia? Você é que está demais aqui!

— Calma, Tonhão. Não precisava entrar com essa fúria. É claro que eu não o impediria de entrar em sua casa, mas seu pai...

— Deixe meu pai por minha conta.

Jarbas chegou em casa e deparou-se com aquela cena. Ficou olhando Tonhão por alguns segundos. Condoeu-se do estado deplorável do filho, que mais parecia um mendigo: barba comprida, cabelo emaranhado, roupa suja de sangue e rasgada.

— O que aconteceu, Antônio? Que triste figura a sua!

Tonhão contou-lhe o que havia acontecido e jogou nele toda a culpa. Jarbas chorou por dentro, mas nada disse. Tonhão era como uma pedra em seu sapato.

— Antônio, você não deveria ter vindo. Bem sabe que está jurado de morte. Ainda ontem, eu vi o pobre rapaz rondando por aqui e fazendo perguntas.

— Ora, deixe disso! Se não quer que eu fique, fale logo. Mas já vou adiantando: daqui eu não saio. Se Elisa, que não é sua filha, pode ficar, eu também posso.

— Você sempre foi teimoso. Não mudou nada nesse tempo todo. Sua mãe deve estar se revirando no túmulo!

— Não ponha minha mãe nessa conversa!

Elisa ouvia a discussão, com medo de que Tonhão partisse para a violência. Ele, normal, já era agressivo, enfezado, então... sabe Deus o que poderia fazer.

— Antônio, por hoje, você fica. Mas, amanhã, vai cuidar de sua vida.

— Mas minha casa foi levada pela água. Não tenho aonde ir.

Jarbas disse que lhe daria o dinheiro para a construção da nova casa.

— Na verdade, pai, você deveria vender esta casa e dar minha parte. Isso aqui também me pertence.

— Enquanto eu for vivo, não venderei esta casa. Vivi muito tempo com sua mãe aqui. Nesta casa tenho as mais caras lembranças.

— Mas não é justo!

— Olha, já que você insiste, vou lhe contar um segredo. Havia prometido a Eleonora que jamais contaria, mas sua ruindade me obriga a fazê-lo.

Elisa aguçou os ouvidos. O que será que Jarbas tinha para revelar a Tonhão? Pai e filho sentaram-se. Tonhão esperava que o pai falasse.

— Antônio, você não é meu filho consanguíneo. É claro que isso não é empecilho para que receba sua parte na herança, mas não está na condição de exigir nada! Terá sua parte quando eu morrer.

Tonhão arregalou os olhos e levantou-se num salto:

— Como assim não sou seu filho?! O que está dizendo, cretino?! Está inventando tudo isso só para me atormentar!

— Não estou inventando nada! Você é filho apenas da Eleonora.

Tonhão sentou-se novamente. Estava abalado com a revelação.

— Então... minha mãe... que safada!

— Ela está morta. Respeite sua memória. Não ouse falar mal dela na minha frente.

— Para quem foi corneado, você está muito ético!

Elisa estava perplexa. Foi até a cozinha e trouxe um pouco de água com açúcar para Tonhão, pois ele estava branco e trêmulo.

Jarbas continuou:

— Eu não fui corneado. Eleonora era viúva e, quando nos casamos, ela já o tinha. Você estava com três anos. Para mim, foi muito bom, porque sou estéril e não poderia ter filhos. Aí está. É bem verdade que, enquanto criança, você nos trouxe alegria e era muito amado, mas na adolescência muito nos decepcionou.

— Não pode ser verdade... Você está inventando...

— Não estou inventando. Tudo aconteceu conforme lhe contei. Então, tenha um pouco de gratidão e respeito. Você não está em condição de exigir nada. Nada! Ouviu bem? — E saiu da sala.

Elisa aproximou-se de Tonhão e, num gesto espontâneo, passou a mão em sua cabeça. Sem saber o porquê, uma lembrança aflorou-lhe pálida, incerta, fragmentada. Viu-se ainda jovenzinha, morando em uma fazenda. Carregava um balde de leite muito pesado para sua idade, então, um jovem gentil a ajudou.

Essa volta aos registros ocultos da alma a fez estremecer. Sentiu que Tonhão era esse jovem a quem ela traíra de forma covarde. Talvez por isso ele tinha tanto ódio no coração. As lágrimas caíram espontâneas.

— Elisa, não precisa chorar. Nada mudou. Pouco me importa não ser filho legítimo dele. É até melhor. Nunca gostei dele mesmo.

— Não diga isso. Vê-se que ele o ama de verdade. Você lhe deve gratidão e respeito.

— E ele me deve muito mais coisas. Nunca foi um bom pai, ainda que adotivo. Eu sentia seu desprezo, por isso fazia tantas asneiras. Queria chamar a atenção dele, queria seu carinho, sua companhia, mas ele se afastava todas as vezes em que eu o procurava.

Elisa, consternada, saiu da sala.

Tonhão envolveu a cabeça com as mãos e, então, chorou.

Capítulo 10

SOCORRENDO-SE DAS TREVAS

O lugar era sombrio. O sol parecia empalidecido, e as poucas árvores estendiam seus braços raquíticos. No primeiro momento parecia deserto, pois o silêncio era sepulcral.

Adentrando mais um pouco, havia um grande portal. Esculturas bizarras, cores berrantes. Imponentes, mas de muito mau gosto.

Telma parou, indecisa. Deveria mesmo procurar Antenor? E as lembranças do que teve de lhe pagar pela ajuda que ele lhe prestara para encontrar Tonhão?

Um ricto de ódio tomou suas feições, e cenas degradantes voltaram-lhe à mente. Fora usada como objeto sexual de um maníaco e agora estava prestes a lhe pedir ajuda novamente. Sabia que isso não sairia de graça, mas queria se vingar a qualquer preço. Agora que localizara o desafeto, não poderia renunciar à vingança projetada há tanto tempo. E ela sentia-se como uma formiguinha diante de um elefante. Como agredir Tonhão sem contar com a ajuda de Antenor?

Estava ainda pensando no que fazer, quando a grande porta se abriu:

— Telma? Você veio me procurar, não é mesmo? Senti que me chamava e estou aqui. Às suas ordens. O que foi agora?

Telma admirou-se do poder de Antenor. Estava ainda pensando se pediria ou não sua ajuda, contudo, bastou lembrar-se de Tonhão para se decidir.

— Antenor, preciso de sua ajuda novamente.

— Mas já lhe ensinei como fazer quando quiser localizar alguém. Você não o encontrou?

— Encontrei-o, mas não consigo falar com ele. Fico esperando o safado dormir, porém, quando ele pressente minha presença, o covarde volta rapidamente ao corpo.

Antenor riu.

— Como você é ignorante das coisas que se pode fazer como desencarnado! Ninguém lhe ensinou nada?

— Eu só me concentrava em minha vingança e não via mais nada além disso. Nunca quis saber de nada. Agora me arrependo.

— Mas vamos ao que interessa. O que você quer?

— Quero ficar frente a frente com ele. Quero lhe falar algumas verdades e fazê-lo sofrer até me pedir perdão. Perdão que não lhe darei senão depois de vê-lo rastejando.

Durante todos aqueles anos, Telma alimentou seu ódio e seu desejo de vingança. Nesse monoideísmo nocivo, nada mais via além disso.

— Quero que me ajude. Não estou conseguindo me fazer ouvir. Quando não se refugia no corpo, negando-se a dormir, Tonhão, não sei como, desaparece. Outro dia, quase consegui. Segui-o, mas ele foi se encontrar com alguns espíritos trevosos. Eu nem fui idiota de me aproximar. Conheço aquele bando. Eles são impiedosos. Seriam capazes de me prender e sabe-se lá o que fariam comigo.

— Fez bem em não se meter com eles. O mínimo que eles fariam seria prendê-la por algum tempo. Ainda mais que o Tonhão faz parte do bando, como você está dizendo.

— Quero sua ajuda. Pode me ajudar?

O semblante de Antenor transfigurou-se ante a possibilidade de mais alguns momentos de luxúria. Telma era bonita, se bem que balda de inteligência. Sem titubear, respondeu:

— Claro! Isso é fácil. Mas você sabe... tem um preço.

— Sei.

— Então, está combinado. Quando você quer falar com ele?

— Assim que ele adormecer. Não podemos deixar que se encontre com os amigos.

— Deixe comigo. Isso é mais fácil do que roubar doce de criança. Difícil é o que eu e meus amigos estamos fazendo.

Telma ficou curiosa.

— O que vocês estão fazendo?

Antenor tomou-a pelas mãos e conduziu-a até um lugar com mais privacidade. Então, contou-lhe, com cuidado para não ser ouvido.

— Faço parte de um grupo. Estamos querendo acabar com uma casa espírita.

— Ora essa... por quê?

— Você não entende nada mesmo! É que eles estão ensinando as pessoas como se livrarem de nós. Está cada vez mais difícil nos aproximar deles e impor nossas ideias. Além disso, ainda corremos o risco de ser aprisionados. Nosso chefe é inimigo dos mensageiros da luz e organizou uma força-tarefa para a batalha.

— Já ouvi falar dessa guerra entre o bem e o mal. Nunca quis me meter em confusão, por isso fico longe.

Por alguns minutos, Antenor pensou em convidá-la a entrar para o grupo. Olhou-a, mas concluiu que ela seria mais um estorvo do que uma ajuda. Telma não tinha inteligência suficiente. Se fosse com eles, era bem capaz de ficar por lá.

— E tem mais: eles são ajudados por espíritos intrometidos, que nos roubam os presos. Nas casas espíritas, alguns médiuns são treinados. À noite, enquanto seus corpos ficam adormecidos, eles acompanham alguns desencarnados e os ajudam a salvar os condenados presos. Chamam essa intromissão de caridade.

— Nunca pensei que fosse possível fazer isso.

— Você nunca pensou em muitas coisas.

— Não precisa me humilhar! Você também tem lá suas limitações. Sei que tem outros que sabem mais do que você.

— Até que de vez em quando você pensa, Telminha, querida.

— Mas qual é sua função nesse grupo?

— Tento infiltrar pessoas desagregadoras no meio deles. Pessoas que não estão nem aí, que só querem perturbar e não aprender a se modificar. Curiosos que estão mais a fim de uma novidade e de fazer o tempo passar. Também tentamos incentivar os ciúmes entre os médiuns.

— E as pessoas dessa casa sabem que estão sendo manipuladas?

— Algumas sim, outras não. Mas nosso chefe é bem esperto. Ele doutrina essas pessoas quando estão livres pelo sono. E, como todos são manipuláveis e interesseiros, fica fácil. É só prometer ajuda material para que caiam como patinhos.

Telma ficou admirada. Não sabia que aquilo era possível.

— Posso ir lá com você um dia desses? Gostaria muito de presenciar.

— É, qualquer dia a levo comigo. Mas você tem de me prometer que ficará bem quietinha... só assistindo.

— Prometo.

É sabido que hoje, mais do que nunca, as trevas estão se organizando para derrotar a luz. Enquanto os trabalhadores do bem se esforçam para ajudar a humanidade a sair da ignorância, os desencarnados que militam no mal se empenham em espalhar a discórdia e a mentira. Infiltram-se nas reuniões, muitas vezes disfarçados de sofredores, mas o que querem é desagregar, desarmonizar.

Antenor explicava a Telma como funcionava o esquema.

— E como eles deixam vocês entrarem? É claro que vocês os enganam. Estou certa?

— Bingo! Você acertou! É claro que os enganamos! Vou levá-la um dia desses. Você verá como eles são crédulos, como não veem um palmo adiante do nariz. E acham que a luz os protege, os tolos!

Telma já estava se aborrecendo. Antenor humilhava-a sem piedade. Ela já se arrependia de ter ido procurá-lo.

— Sabe do que mais? Não preciso mais de sua ajuda. Você é muito grosseiro. Precisa me humilhar desse jeito? Você também não é nenhum primor de inteligência.

— Ora, Telma, você se ofende fácil. Mas está certo: fui grosseiro e lhe peço desculpas. Claro que não vamos romper nossa amizade por uma coisa tão tola.

— Aceito suas desculpas, mas nunca mais me ofenda.

— Bem, falemos, então, do seu Tonhão.

— É isto: eu não posso com ele. Não consigo falar com Tonhão, pois sempre foge de mim ou se refugia no corpo quando me pressente.

— Quando você quer falar com ele?

— O mais rápido possível.

— Então, está anotado. Agora, vou levá-la a um local tranquilo e vamos nos amar. Estou com saudades.

Telma mal reprimiu o sentimento de asco que sentiu, mas disfarçou. Precisava dele e aquele era seu preço. Paciência.

Antenor pediu que ela esperasse ali por ele. Tinha de pedir permissão ao seu chefe e justificar sua saída. Depois de algum tempo, voltou. Estava ansioso e quase arrastou Telma dali.

Capítulo 11

A ILUSÃO DO SONO ETERNO

Elisa mal podia acreditar que estava provisoriamente livre de Tonhão e que, enquanto estivesse na casa de Jarbas, não precisaria mais sair à noite.

Desde que Tonhão soubera não ser filho legítimo de Jarbas, tornara-se mais impiedoso, frio e indiferente.

Uma tarde, completamente embriagado, foi até a casa de Jarbas e falou-lhe muitos desaforos. Quis levar Elisa dali à força.

— Tonhão, pense um pouco. Não temos aonde ir. Não temos mais casa. Você disse que construiria outra e até agora não moveu uma palha pra isso.

Jarbas interveio:

— Você não levará Elisa daqui para deixá-la debaixo de algum viaduto. Não vê o absurdo que quer fazer?

— Olhe aqui, eu bem sei quais são suas intenções com ela. Mas, por Deus, nunca a terá!

— Que loucura está dizendo, Tonhão? Seu Jarbas sempre me respeitou. Diferente de você, que só sabe me explorar.

— Cale essa boca, Elisa! Acho que você também está gostando, sua ordinária!

Elisa mal teve tempo de responder e levou uma bofetada. Saiu chorando, humilhada. Jarbas partiu para cima dele e deu-lhe um murro na cabeça. Era também muito forte, e Tonhão estava embriagado, de forma que tombou feito árvore atingida por um raio. Sem conseguir se levantar, vomitou e quase se afogou com o vômito. Levantou-se, mas escorregou e se rebolcou novamente na sujeira.

Jarbas estava rubro de cólera e tremia:

— Seu malandro! Safado! Sem vergonha! Bater em mulher é fácil, não é? Mas com homem é diferente. Levante-se daí, seu porco, porque não bato em homem caído! Venha, venha apanhar novamente, seu traste!

Jarbas tinha ganas de esmurrar aquele infeliz até a morte. Por trás dele, Telma instigava-o. Queria que ele batesse em Tonhão até fazer sangue. Mas, de repente, Jarbas lembrou-se de Eleonora, que, assim que ouviu a discussão, correu para lá e o fez recordar-se de que Tonhão era filho dela e que ele prometera ampará-lo. Jarbas, obviamente, não a ouviu com os ouvidos materiais, mas registrou na alma o pedido daquela mãe sofrida.

A vontade de espancar Tonhão, então, foi substituída por uma tristeza dolorida.

Cabisbaixo, ele afastou-se, e Tonhão ficou caído no meio do vômito azedo.

Jarbas foi até o quarto de Elisa, que ainda chorava:

— Elisa, vá até a sala e ajude aquele traste. Leve-o para o banheiro e lhe dê um banho frio. Depois, prepare um café bem forte e faça-o tomar.

Antes que Elisa se afastasse, ele perguntou:

— É mesmo verdade que você tem visto Eleonora?

— Eu a vi algumas vezes. Nada falei, porque, na primeira vez, o senhor me disse que eu estava possuída e que iria me levar à sua igreja.

— Não sei mais o que pensar. Ainda há pouco a senti próxima de mim, me censurando por ter batido no Tonhão. Parece até que a ouvi. Meu Deus! Será que isso é possível? Mas se ela morreu, não deveria estar dormindo até o dia do juízo final?

— Seu Jarbas, nada sei sobre isso, mas posso lhe garantir uma coisa: ninguém fica dormindo quando morre. Tem mais lógica admitir a reencarnação para o ajuste de contas, porque ficar dormindo seria o mesmo que não punir o culpado. Nos meus sonhos, tenho visto pessoas que já morreram e que não estão dormindo, mas muito ativas no mundo espiritual. E isso tem muito mais lógica e sabedoria divina do que a hipótese de ficar dormindo para só acordar no dia do juízo final!

— Não sei não. O pastor...

— Não vá pela cabeça do pastor. Pense e tire suas conclusões. O pastor e o padre católico não podem ir contra o que suas religiões pregam.

Jarbas nada respondeu. Estava realmente confuso.

— Agora vamos. Vou ajudá-la a carregar o safado.

Tonhão só acordou de verdade quando sentiu a água fria. Elisa ensaboava-o, e, de repente, ele sentiu-se frágil. Sua alma foi buscar lembranças adormecidas há séculos. Nosso corpo perispiritual é um registro vivo de todos os acontecimentos, que, a qualquer estímulo, vêm à tona.

Um rapaz imberbe viu uma mocinha a carregar um balde de leite e prontificou-se a ajudá-la. Depois, o namoro, a calúnia da qual fora vítima e a morte violenta. E quem o espancara fora Jarbas, que se chamava Enrico.

Esse drama aconteceu em uma cidade do interior de Minas Gerais.

No final do século XIX, houve a migração italiana para o Brasil. Os lugares mais procurados foram os Estados de Minas Gerais e de São Paulo. Tal movimento deveu-se, principalmente, ao fim do tráfico negreiro, promulgado pela Lei Eusébio de Queirós, e da assinatura da Lei Áurea, que, em 1888, dava liberdade aos escravizados. Também teve relevância a fermentação de um plano influenciado pelo racismo: a elite nacional queria "branquear" o Brasil, e, para isso, a vinda dos europeus era desejada.

Enrico, negociante italiano falido em sua terra, viera tentar a sorte no Brasil, pois a Itália passava por uma situação não muito satisfatória. Além disso, a propaganda que se fazia do Brasil, da ajuda do governo ao imigrante, do nosso clima sempre quente, do povo acolhedor, foram fatores decisivos para que ele embarcasse com toda a sua família para as terras brasileiras.

Kiara (Elisa) era uma adolescente de dezessete anos. Linda e amorosa, era a única filha e menina dos olhos de Enrico e Donatella.

Todos os dias, ela levantava-se cedo para ajudar os pais na ordenha das vacas leiteiras. Após o leite tirado, Kiara carregava-o em um balde para dentro de casa. Certa vez, vinha arcada com o peso do balde, quando um jovem se aproximou e a ajudou, carregando ele mesmo o balde até a casa de Kiara. Esse jovem era três anos mais velho que ela e se apaixonou logo que a viu. Foi aí que começou o drama de Bruno (Tonhão), o jovem apaixonado.

Kiara, que nunca estivera apaixonada antes, supôs ser amor o que sentia por ele, e os dois começaram a namorar. Bruno fazia planos para um futuro com a jovem, quando Luigi, um imigrante também italiano, chegou ao Brasil. Era um homem dos seus trinta anos e muito charmoso. De imediato, conquistou o coração da jovem Kiara, e seus pais também morriam de amores por ele. Era elegante, falante e viera com bastante dinheiro. Aqui chegando, comprou uma fazenda e empregou muitos trabalhadores, dentre eles toda a família da moça.

Luigi também se encantara com a italianinha Kiara, mas havia Bruno no caminho, e a moça não tinha coragem de lhe confessar que amava Luigi. Com certeza, todos a chamariam de interesseira e sem coração por desprezar um rapaz pobre para se ligar a um desconhecido rico e com fama de conquistador.

Conselhos não faltaram. Houve até quem dissesse conhecer Luigi, que ele se aproveitava de mocinhas inocentes e que viera para o Brasil porque engravidara uma jovem e não quisera assumir a responsabilidade.

Kiara não acreditava em nada disso e dizia que era inveja. A moça, contudo, não se decidia a romper com Bruno. Todas as vezes que tentava fazê-lo, pensava: "Bruno me ama de verdade. Se Luigi estiver me enganando, me caso com Bruno".

Enrico e Donatella não apreciavam Bruno, que, embora fosse trabalhador, vez ou outra se embriagava e provocava arruaças. Kiara passou a se encontrar com Luigi às escondidas. Moça sem nenhum preparo, ingênua e até certo ponto tola, não sabia o que ou como fazer para sair daquela situação e ia ficando com os dois. Com Bruno não admitia liberdades, mas o mesmo não acontecia em relação a Luigi, que era muito mais ousado.

Depois de algum tempo, Kiara viu-se grávida e desesperou-se. Falou com Luigi, que tentou se safar. Ademais, ele não tinha a menor intenção de se casar tão cedo e com a filha de um de seus empregados.

Então, ele teve um plano covarde. Kiara deveria dizer que estava grávida de Bruno. Luigi bem sabia que ela, vez ou outra, se encontrava com o rapaz, mas fingia nada saber. Sua imagem, então, não seria maculada. Prometeu que depois eles se casariam, e todos ainda admirariam sua magnanimidade por assumir um filho de outro.

"Você quer que eu seduza o Bruno?! Quer que eu me entregue a ele para depois dizer que fiquei grávida? Não tem ciúmes?"

"Morro de ciúmes, meu bem. Mas não há outro jeito. Sou o patrão aqui e não posso manchar minha imagem. Ninguém me respeitaria mais. Você fica um tempo com ele e o dispensa depois sem se casar. Então, nos casaremos — mentiu —, e eu darei um bom dinheiro para o Bruno a fim de compensá-lo."

"Mas o Bruno não é bobo! Perceberá que já não sou mais virgem!"

"Vocês, mulheres, sabem muito bem contornar esse problema. Espere para fazer isso num dia em que ele esteja embriagado. Quase todos os fins de semana ele se embriaga a ponto de quase cair, não é?"

Kiara relutou a princípio. Sabia que aquilo não era justo, contudo, não havia outro jeito. Enrico a mataria de pancadas, e seu filho nasceria sem pai, pois bem percebeu que Luigi não cumpriria a promessa e por isso engendrara aquele plano. Pensou e chegou à conclusão de que seria melhor do que ter um filho sem pai. "Se Luigi se casar comigo, ótimo. Se não o fizer, eu me casarei com Bruno, que sei me ama de verdade. Depois, só Deus sabe", pensava.

Chovia naquele sábado. Kiara aprontou-se com esmero e foi se encontrar com Bruno na casa dele. Dona Hortência, mãe do rapaz, informou que ele estava na estrebaria cuidando dos animais. Kiara foi até lá e percebeu que Bruno estava embriagado. A garrafa de conhaque estava quase vazia, e a voz do rapaz estava pastosa e indecisa.

Aquilo era muito conveniente. Ela mostrou-se carinhosa, embora estivesse enojada pelo hálito que rescendia a álcool puro!

Encorajado pela atitude carinhosa de Kiara, Bruno possuiu-a ali mesmo. Ela fingiu surpresa e dor. Depois de consumado o ato, ela mentiu, dizendo que estava sangrando.

"Meu bem... É assim mesmo da primeira vez. Isso logo vai passar. Não conte a ninguém o que aconteceu... eles não compreenderiam nosso amor."

Kiara chorava. Chorava de remorso ao ver o quanto Bruno era ingênuo e o quanto fora fácil enganá-lo. E ele, inocentemente, afirmou-lhe que iriam se casar tão logo fizessem a colheita. Venderia também alguns animais e construiria uma boa casa. Ele estava feliz. Amava-a de verdade.

Sem ter coragem de contar aos pais, Kiara escondeu a gravidez o quanto pôde, mas Donatella, mulher vivida, percebeu a situação da filha e a interrogou. Aos prantos, a jovem contou que estava grávida, mas não contou quem era o pai.

Desgostosa e assustada, Donatella contou tudo ao marido. Sem dar tempo de Kiara se explicar, Enrico deu um soco na mesa e acusou Bruno, prometendo dar-lhe uma surra que ele jamais esqueceria.

Possesso, perguntou a Kiara se Bruno era o pai. Ela apenas confirmou com a cabeça. Pronto, o angu estava feito. A gravidez fora atribuída ao inocente Bruno, que de certa forma estava feliz e fazendo planos.

Era hora do almoço, e Enrico, naquele dia, não voltou mais aos seus afazeres. Foi em busca de Bruno e encontrou-o ferrando um cavalo. Gritando-lhe impropérios, sem contar a que viera, deu-lhe um murro violento. Bruno, que não sabia o porquê daquilo, mal teve tempo de pensar, quando recebeu outro murro. Caiu, bateu a cabeça na quina de uma mesa e morreu na hora. Enrico não queria matá-lo; só lhe aplicar um corretivo e depois fazê-lo casar-se com Kiara e assumir a paternidade do bebê. Agora, contudo, se desesperava. Seu nome estaria manchado por ter uma filha, que era mãe solteira. Seu neto carregaria o estigma de não ter o nome do pai registrado na certidão de nascimento. E o pior de tudo: matara um jovem que mal iniciara a vida.

A briga não fora presenciada por ninguém, então, Enrico fugiu dali.

Ao saber disso, Kiara ficou seriamente doente. Luigi nunca mais apareceu ou tentou ajudar a pobre moça.

Após um mês desses acontecimentos, o feto morreu, contudo, não foi expelido. Kiara teve uma infecção violenta e desencarnou. Enrico e Donatella não tinham outros filhos, e a falta da filha tirou-lhes a alegria de viver. Os dois, então, voltaram para a Itália, pois no Brasil as lembranças seriam mais doloridas.

Esse era o motivo pelo qual Elisa, a Kiara do passado, sentia que era devedora de Tonhão, que, sendo Bruno na encarnação pretérita, fora morto em decorrência de uma calúnia engendrada pela moça e por Luigi.

Muitas vezes, Elisa adoecia de remorso. Remorso cujo motivo ela desconhecia, apenas sentindo-o dentro de si.

Sabemos que o remorso chega com a sensibilidade espiritual. O ser bruto, mais fera do que humano, não sente remorso por nada. Vai vivendo sem questionamentos, sem qualquer meditação, até que um dia é despertado pela dor. A alma mais evoluída já consegue vislumbrar a verdade e traz ao consciente as lembranças recalcadas no inconsciente. O remorso, todavia, abre as portas para as doenças da alma. É preciso, então, neutralizá-lo com a **prática** do bem e compreender que ficar chorando e lamentando o passado de nada adianta. Úteis serão a esperança em dias melhores e a luta para se tornar melhor a cada dia. Praticar a caridade é um excelente remédio para atenuar o remorso, reequilibrar-se com a Lei Divina e adquirir algum mérito.

Os envolvidos sofreram no umbral por muito tempo. Luigi foi perseguido por um ferrenho obsessor e caiu em um poço abandonado. Por mais que os empregados da fazenda o procurassem, não puderam encontrá-lo. Ele morreu de fome e frio, ficando ali mesmo sepultado. Por graça de Deus, reencarnou algumas décadas depois como filho de um empregado muito pobre de sua antiga fazenda. Era um garotinho enfermiço, irritadíssimo e surdo-mudo. Ação e reação. Choque de retorno. Justiça necessária para a educação da criatura que desrespeita as leis naturais.

Em favor de Enrico, ou Jarbas, está o fato de ele ter amparado Tonhão (Bruno), criando-o como filho legítimo.

Interessante como a vida é movimento constante. Hoje, todos estão juntos novamente. Reencarnados, tentando se reequilibrar com as leis outrora desrespeitadas.

De todos eles, Tonhão é o que menos progrediu, pois traz nos recessos da alma a lembrança amortecida da traição que sofreu e que não quer esquecer. Ele não quer perdoar e decalcou o ódio em seu coração. Se Elisa tinha esparsos pressentimentos e sentia remorso, ele também alimentava as lembranças confusas daquele tempo em que foi traído pela pessoa que mais amava. Então, o que sente por Elisa (Kiara) hoje é amor e ódio.

O amor e o ódio estão separados por uma linha tão tênue que às vezes se confundem.

Capítulo 12

O CIÚME DE TELMA

Deixemos o século XIX e voltemos à nossa história contemporânea.

Elisa ajudava Tonhão a tomar banho. Por alguns instantes, ele olhou-a e sentiu um amor mesclado à revolta. Ela retribuiu com um olhar indiferente, o que o irritou. A indiferença é pior do que a raiva.

— Não sou um bebê que precise de babá. Sei tomar banho sozinho. Vá para junto do seu bode velho.

Telma, enciumada por ver Elisa cuidando de Tonhão, gostou de vê-la ser maltratada.

Elisa saiu cabisbaixa, e, da sala, Jarbas ouviu tudo. A ira que sentira havia pouco voltou, e de sua mente partiam raios avermelhados, que poluíam todo o ambiente ao mesmo tempo que formas-pensamento inundavam a sala.

Eleonora foi para junto do quadro da *Belle Époque*. Estava com medo e não entendia por que aquelas formas bizarras bailavam ao redor de Jarbas.

Telma envolveu o ex-sogro e não perdeu a oportunidade de envenená-lo contra Elisa. O ciúme lhe era insuportável.

"Jarbas, ouça-me. Essa inútil é quem está causando tudo isso. Ela não merece sua compaixão. Deixe que Tonhão bata nela, que a explore... Já sondei a vida dela. Ela merece isso. Já aprontou muito com ele. Eu sei que Elisa não é flor que se cheire. Dê um pontapé nela também. Expulse-os daqui como se faz com um cachorro pestilento. Os dois! Expulse os dois!"

Por um momento, Jarbas sentiu raiva de Elisa, mas soube reagir à influência nociva. No último sermão, o pastor falara sobre como o "coisa ruim" influencia os invigilantes, e, imediatamente, Jarbas elevou o pensamento a Deus e pediu-Lhe proteção. A prece é o elo com Deus. As trevas debandam na presença da luz.

Elisa limpava o vômito de Tonhão e já não chorava. Conformava-se com aquela vida. Todas as vezes em que tentara mudar, apanhara. Se num primeiro momento se revoltava, logo em seguida se conformava.

Mônica estava presente, porque, na noite anterior, Elisa a chamara com insistência. Ela não pudera ir de imediato e só agora chegava para atender à amiga.

Chegou a tempo de ver Telma instigando Jarbas contra Elisa e percebeu a prece sentida dele e como as forças trevosas se diluíram. Na colônia espiritual onde estagiava, ela também estava aprendendo o poder da prece sincera. Naquele momento, contudo, deixou sua ira aflorar. Estava difícil controlar seu gênio autoritário. Então, mostrou-se a Telma, que recuou amedrontada:

— Não ouse prejudicar a Elisa. Vá se vingar do Tonhão e deixe-a em paz, está bem? Não sou nada boazinha quando me irritam. Vamos! Vá para junto daquele estafermo!

Eleonora presenciava tudo. Estava enrustida dentro de si mesma e tinha dificuldade para entender o que se passava. Refugiava-se sempre no quadro que amava e que fora comprado quando em viagem com Jarbas para a França.

Mônica viu outras entidades, mas nada fez. Não era problema dela, e ela nem saberia como ajudá-los.

Tonhão saiu do banho, Elisa serviu-lhe um café bem forte.

— Antônio, sente-se e vamos conversar como dois homens. Você está sóbrio? Ou quer deixar a conversa para mais tarde? — perguntou Jarbas já mais calmo.

— Podemos conversar agora — respondeu Tonhão secamente.

— Vou lhe dar algum dinheiro para que reconstrua sua casa e leve a Elisa daqui.

Ao pensar que não mais teria a companhia da moça, Jarbas entristeceu-se. Habituara-se às longas conversas que sempre tinham. Admirava-a e ao mesmo tempo se compadecia dela. Muitas vezes, tivera atração por Elisa, mas sempre a respeitara. Parece que o Tonhão percebia isso.

Ao ouvir falar em dinheiro, Tonhão mudou o tom arrogante:

— Seria muito bom. O senhor já está velho... quer tanto dinheiro pra quê?

— Você continua odiável! Mas vou lhe dar algum dinheiro só para não ter o desprazer de vê-lo aqui novamente.

— Quanto?

— O suficiente para você construir outra casa. E não a faça em lugar que alaga nem às margens de rio ou encosta de morro.

Elisa viu quando Jarbas fez um cheque e o entregou a Tonhão.

— Você tem conta no banco?

— Claro! Pensa que sou algum borra-botas?

— Então, faça bom uso desse dinheiro, pois não terá mais um tostão de mim enquanto eu for vivo.

Tonhão beijou o cheque e embolsou-o, saindo sem se despedir. Depois, como se tivesse se lembrado de algo importante, voltou e disse:

— O senhor anda esquecido. Eu ainda tenho minha parte na herança. Trate de vender essa droga de casa e dar o que é meu. E não me faz favor algum. É um direito meu.

Jarbas já havia colocado a casa à venda, mas Tonhão não sabia disso. Daria a parte dele e sairia definitivamente de sua vida.

Diante da insolência do filho, Jarbas disse-lhe apenas que fugisse de sua presença.

— Elisa, como você pode suportar o Antônio? Eu que sou pai... creio mesmo que o odeio.

— Não diga isso, seu Jarbas! Ele é um ser humano. Só Deus sabe as razões que o levam a essa vida. Todos nós temos algo de bom...

— Acho que ele não! Não dizem que toda regra tem exceção?

Elisa calou-se. Jarbas, pela primeira vez, tomou suas mãos e conduziu-a para dentro de casa. Ela sentiu o calor daquelas mãos macias e gostou do contato. "Meu Deus! O que se passa comigo? A vida não pode brincar assim comigo!", pensou, num misto de alegria e dor.

Jarbas caiu num mutismo inabitual. Elisa e ele estavam sentados à mesa para a refeição da noite. Ela procurava as palavras certas para dizer, mas nada lhe ocorria.

Mônica estava presente e pensava que seria muito bom se Elisa se acertasse com Jarbas, que era um homem íntegro, bem-conservado e de boa situação financeira. Afinal, a amiga merecia ser feliz, pois até aquele momento só conhecera a infelicidade. Então, pôs as palavras na boca de Elisa.

— Seu Jarbas, vejo-o tão calado! O que se passa com o senhor?

— Elisa, não me chame mais de senhor. Somos amigos e não devemos ser tão formais um com o outro.

Jarbas surpreendera-se com as próprias palavras. Depois, emudeceu novamente. Elisa não conseguiu mais que ele falasse. Jantaram em silêncio. Vez ou outra, ela percebia que Jarbas a olhava discretamente. Ela havia se aprontado para o jantar. Vestia calça jeans e uma blusa azul com pequeninas flores brancas. Ligeiramente decotada, deixava aparecer o início dos seios. Enrubesceu ao perceber que Jarbas olhava naquela direção. Talvez ele estivesse censurando-a por aquilo, mas ele nada disse.

— Elisa, você fez sobremesa? — ele, enfim, falou alguma coisa, pois o silêncio já estava constrangedor.

— Fiz sim. Fiz aquele pudim de que o senhor tanto gosta.

— Já lhe pedi para me chamar apenas de Jarbas. Nada de senhor.

— Desculpe-me. Eu me esqueci... É o hábito.

Ele sorriu ternamente para ela e tocou suas mãos. Elisa estremeceu, mas não retirou a mão dele.

— Senhor... afinal, não sou tão mais velho... Quantos anos você tem, Elisa?

— Vou fazer vinte e sete.

— Eu tenho quarenta e cinco. Dezoito anos de diferença... acha muito?

— Não. O senh... você está muito bem conservado. Parece que tem trinta e cinco.

Sorriram. Estavam mais à vontade. Havia "pintado um clima". Olharam-se. Jarbas tossiu.

Mônica ficou na expectativa, esperando que algo acontecesse entre eles.

— A noite está quente. Vamos sair e tomar um sorvete? — disse Jarbas no melhor de seu humor.

— Que ótima ideia! Vou me trocar e já vamos.

— Não precisa se trocar. Você está ótima assim.

— Então, só vou escovar os dentes.

Telma, ao ver que Mônica se fora, aproximou-se dos dois. Ficou feliz por perceber que não eram indiferentes um ao outro. Assim se vingaria de Tonhão e afastaria Elisa do caminho dele. "Que bom seria se esses dois se acertassem. Tonhão morreria de dor de cotovelo. Com o próprio pai! Que demais! Quero só ver se, depois disso, ele ainda vai ficar grudado nessa sonsa".

Eleonora deixou seu posto perto do quadro e, timidamente, foi até a cozinha. O que viu a deixou transtornada.

"Jarbas! Meu Jarbas está me esquecendo! Não suporto mais essa moça. Mas não sei o que fazer, porque também gosto dela. Mesmo assim, não permitirei que ela me roube o Jarbas."

Eleonora tinha momentos de lucidez, mas, na maior parte do tempo, estava confusa, agarrada ao quadro de suas lembranças. Às vezes, pressentia que estava morta; noutras, via-se ainda como senhora daquela casa. Agora, perdia-se dentro de si.

Aproximando-se de Elisa, postou-se à sua frente e falou-lhe com agressividade. Elisa, que era vidente, a percebeu e tremeu.

"Aprendi que, quando algum espírito nos aparece, é porque está precisando de preces", Elisa pensou. E, mesmo com muito medo, a moça ajoelhou-se ali mesmo e orou fervorosamente por Eleonora. De repente, tudo desapareceu. Eleonora voltou ainda mais no tempo e lá, nas regiões abissais da alma, encontrou Kiara. Já não era Eleonora e sim Donatella. Sonolenta e confusa, foi se esconder novamente no quadro da *Belle Époque*.

Alguns minutos se passaram, quando dois espíritos alvinitentes adentraram a sala e a levaram dali. Elisa continuava em prece.

Jarbas já estava impaciente com a demora de Elisa e foi ao quarto da moça. Era a primeira vez que ele ali entrava e ficou um tanto inibido.

— Elisa, o que faz aí ajoelhada? Acho que agora não é hora de rezar. E nosso sorvete?

Elisa assustou-se. Estava literalmente em outro mundo.

— Que susto senh... quer dizer, Jarbas.

— Desculpe-me, não tive a intenção de assustá-la.

— Jarbas, Eleonora... eu a vi novamente. Ela me pareceu triste.

— Elisa, acho que você é muito mística! Deve ter imaginado tudo isso. Você precisa ir à igreja comigo.

— Não é à igreja que preciso ir, Jarbas. Lá, eles não orientam o espírito... não têm uma palavra carinhosa... Muitos até os chamam de demônios. Esse tipo de problema só é resolvido em centros espíritas. Lá, o espírito é tratado com amor e esclarecido sobre sua real condição. Tudo é feito com muito amor e respeito pela dor alheia.

— Você fala como grande conhecedora. Já frequentou alguma instituição espírita?

Elisa suspirou fundo. Parecia ter acordado de um transe mediúnico. Esfregou os olhos. Não ouviu direito a pergunta:

— O que foi que você disse, Jarbas? Desculpe-me. Acho que me desliguei por alguns momentos.

— Perguntei se você já frequentou o Espiritismo.

— Nunca.

— Então como pode saber como eles tratam os espíritos?

— Nem sei o que disse. Minha boca falou sem que eu pudesse evitar. Isso sempre me acontece... falo de coisas que não conheço... como se algo dominasse minha mente e me fizesse dizer coisas. Às vezes, acho que tenho mediunidade. Tenho sonhado muito com isso.

— Bobagem. Não pense nessas coisas.

Elisa era médium sem educação mediúnica e não sabia muito bem como se dava esse processo. Na verdade, a moça repetira o que ouvira de seu anjo da guarda.

Jarbas continuava achando que Elisa devaneara.

— Não foi devaneio. Foi real.

— É... talvez. Mas agora vamos. A noite está uma beleza!

Jarbas puxou-a carinhosamente e aconchegou-a ao peito. Ela sentiu seu perfume almiscarado. Pela primeira vez, beijaram-se. Elisa correspondeu com avidez. Aquele era seu primeiro beijo de amor. Tonhão a beijara algumas vezes, mas ela nunca retribuíra. O beijo de Jarbas, contudo, foi diferente. Houve uma troca de energia, um fortalecimento, uma alegria de alma.

Depois, Jarbas, como se desperto de um sonho, afastou-a:

— Não podemos, Elisa. Não podemos ficar juntos. Tonhão nos mataria.

— Sei disso. Mas podemos fugir.

— Ele nos encontraria com facilidade. É inteligente e vingativo.

Elisa concordou. Seu subconsciente foi buscar alhures lembranças amortalhadas: uma quase menina carregando um balde de leite pesado para sua idade. Um jovem simpático a ajudá-la...

— De repente, você emudeceu, Elisa.

— Jarbas, creio que o destino não quer minha felicidade. Por enquanto, não a mereço.

Jarbas conduziu-a a um sofá. Sentaram-se bem junto um do outro. Ele beijou-a novamente, tomou as mãos de Elisa entre as suas e as acariciou.

— Não há como negar. A mim também a felicidade está descartada. Mas hoje temos o direito de um pouco de paz.

Telma a tudo assistia e incentivava: "Quero ver o 'circo pegar fogo'! Só quero estar presente quando Tonhão descobrir esse romance".

Telma pedira ajuda a Antenor para colocar-se frente a frente com Tonhão, mas até agora não obtivera nenhum resultado. Tonhão sempre lhe fugia, pois contava com a proteção de alguns espíritos do mal. Dizia sempre que tinha o corpo fechado, tanto para os acontecimentos materiais quanto para os espirituais.

— E nosso sorvete? — perguntou Elisa.

— Temos tempo. Agora vamos esquecer tudo e sonhar um pouco.

Elisa surpreendeu-se. Jarbas era um romântico, e ela adorou descobrir isso.

Estava feliz.

Até quando?

Capítulo 13

O ÓDIO PRENDE; O PERDÃO LIBERTA

Os meios empregados por Antenor para aprisionar Tonhão, conforme prometera a Telma, não estavam funcionando. "O cara tem mesmo o corpo fechado. O que faço agora? Não vou falar para a Telma que não consigo. Ela zombaria de mim. E já recebi o 'pagamento'", riu ao se lembrar.

Telma estava irritada porque ainda não conseguira jogar na cara de Tonhão tudo o que ele lhe fizera. Para ela, a vingança era fundamental para que tivesse paz, assim imaginava. Ignorava, contudo, que o que a vingança realmente traz é desilusão, sofrimento e insatisfação.

Infelizmente, por mais que os evangelhos falem que o melhor é perdoar e seguir em frente, que o perdão liberta e que querer se vingar do outro mais prende a criatura ao seu desafeto, mesmo assim, a vingança parece doce aos espíritos imaturos.

Experiência não é algo hereditário e raramente se aprende com a vivência alheia. Se não compreendermos as mensagens de Jesus, se preferirmos o caminho da vingança, sentiremos o resultado negativo e teremos a dor como companhia.

Telma e Antenor conversavam. Ela estava profundamente irritada:

— Olhe aqui, Antenor, acho que você não é tão esperto como diz. Já tentou tantas vezes, e ele escapa na frente do seu nariz!

— O cara é liso como peixe ensaboado. Mas deixa estar. Tenho um plano que vai dar certo.

— Qual? Você e seus planos... já estou descrendo deles.

— Lembra que lhe falei que faço parte de um grupo que está tentando fechar algumas casas espíritas?

— Sim... você falou, mas o que isso tem a ver com o Tonhão?

— Tem a ver que vou falar com o chefe. Ele é da falange dos inimigos de Jesus, uma organização que vem lutando há tempos para acabar com tudo o que emperra a engrenagem espiritual no nosso meio. Ele poderá nos ajudar com Tonhão.

— Continuo sem entender.

— Eles atrapalham os planos do chefe, que quer dominar os encarnados e ser dono de todas as mentes. Às vezes, essas pessoas "caçam" espíritos voltados para o mal e os submetem a uma espécie de hipnose. Eles ficam obedientes como robôs e acabam nos abandonando.

— Não tenho nada contra as casas espíritas, Antenor. Já ouvi falar que elas lutam contra o mal, contra as trevas. Se conseguem transformar os maus, isso é muito bom.

Telma estava assustada. Jamais imaginara que as trevas tivessem tais poderes e que pudessem formar uma agremiação tão poderosa. Por um momento, teve vontade de desistir. Talvez Elisa e Jarbas fizessem o Tonhão sofrer, sem que ela precisasse fazer algo para isso. Antenor captou seus pensamentos:

— Nem pense em desistir logo agora que achei a solução. O chefe é poderoso. Também estou querendo me defrontar com aquele animal.

— O que você pretende fazer, Antenor? Não quero que o matem ou que lhe façam muito mal, apesar de ele merecer. Quero apenas que Tonhão perca o sossego, que deixe a Elisa em paz e que se lembre de mim e de como me fez sofrer. Quero ficar ao lado dele e que ele me veja, que se assuste e me peça perdão.

— Hoje mesmo vamos a uma casa espírita. Você verá como trabalhamos. Quem sabe aprende alguma coisa.

— Não sei se quero ir... Até hoje, não esqueci o que Tonhão aprontou comigo. Por isso quero me vingar, mas...

— Você vai gostar de lá. Já vi que tem coração mole e esquece com facilidade de quem lhe fez mal... Isso é falta de brio e dignidade, minha cara!

— Tenho muita dignidade, mas acho que você não sabe o que é isso.

— Olha só! Ficou valente de repente.

— É que pessoas boas não têm de ser castigadas ou prejudicadas pelas trevas. Deixe os mensageiros da luz em paz.

— Minha linda... você é treva. Olhe para si... Vê alguma luzinha brilhando? Não, né? Isso revela o tipo de sentimento agasalhado por você e de que lado deve ficar.

Antenor riu e concluiu:

— Ponha um pouco de inteligência na sua cabeça! Você é treva...

Telma teve seu perispírito escurecido ainda mais, que teve a baixa estima alimentada pelas palavras impiedosas de Antenor.

Lembremos que somos o que pensamos. Ao aceitarmos uma sugestão, ela, imediatamente, se reflete no corpo perispiritual. Quando vibramos amor, ele se manifesta. Igualmente, isso acontece quando vibramos ódio. Com o amor, temos luz e paz; com o ódio, temos trevas e sofrimento. A escolha é sempre nossa. Não foi em vão que Jesus nos mandou perdoar sempre, pois o perdão liberta e o amor é a chave que abre a porta da ignorância para a sabedoria entrar. Quando não perdoamos, estaremos sempre em vibrações densas que nos fazem mal e nos propiciam doenças. Então, podemos castigar os desafetos, mas seremos igualmente castigados. E qual não é nosso arrependimento quando nos vingamos de alguém, e mais tarde a espiritualidade nos mostra que fomos nós os primeiros a disparar a flecha da discórdia? Que se hoje somos vítimas, ontem fomos os algozes?

Telma olhou-se demoradamente. Seu corpo perispiritual era quase tão denso quanto o de um encarnado. Sua aura estava escura, todavia, ela não estava desamparada pelo amor divino. Alguém velava por ela e esperava o momento em que Telma oferecesse condições para ser socorrida. Não era inteiramente má, mas se deixara levar pelo ódio e desejo de vingança.

Quem estava sempre próxima dela era sua avó materna, Margarida, desencarnada quando Telma tinha dez anos. A mãe afastara-se da família, e ninguém mais soube dela, se estava ainda neste mundo ou se já fizera a viagem de volta ao lar espiritual.

Antenor divertia-se com o espanto de Telma.

— Parece que é a primeira vez que você se olha! Não sabia disso? Que você é uma das nossas?

Quer porque sua avó estivesse vibrando por ela, quer porque se cansara do mal, Telma, intimamente, desejou abandonar aquela vida. Pela primeira vez, recusou as sugestões do falso amigo.

Desta vez, Antenor não pôde ler seus pensamentos. Telma, ainda que não completamente modificada, elevou seu padrão vibratório e via Antenor como se estivesse em uma plataforma mais alta. Ela, então, pôde ler suas intenções nada dignas a seu respeito.

Margarida aproximou-se e envolveu-a em um abraço carinhoso. Quanto esperara por aquele momento! Quanto havia orado para que a neta se mostrasse mais sensível e percebesse a ajuda que ela lhe oferecia. Todavia, Telma ainda não podia vê-la devido à diferença vibracional existente entre elas.

Antenor percebeu a mudança de Telma. Perderia seu brinquedo sexual se não tomasse medidas urgentes.

— Telma, hoje, você irá comigo ao centro espírita para conhecer o chefe. Tenho certeza de que se impressionará com ele. Desta vez, Tonhão não escapa.

Telma ia dizer que não iria, mas Margarida a envolveu:

"Vá com ele, minha neta querida. Nada tema. Eu estarei lá e a protegerei. Chegou a hora de sua libertação. Finalmente, você abriu seu coração e deixou o amor entrar. Deus seja louvado!"

Telma captou a inspiração que a avó lhe passava mentalmente.

— Está bem. Irei com você.

— Ótimo. Mas primeiro quero levá-la para nosso cantinho.

Telma indignou-se, mas teria de ser mais inteligente se quisesse se livrar daquele assédio do qual era vítima.

— Olhe, Antenor, hoje eu não seria uma boa companhia. Vamos deixar para amanhã, tá bom? Creio que temos pouco tempo até chegarmos ao tal centro espírita.

Antenor concordou, e marcaram para o dia seguinte.

Segurando Telma pelos braços, lá se foi volitando rasteira e morosamente. Havia desenvolvido um pouco de intelectualidade que lhe permitia locomover-se com mais rapidez.

Chegaram ao centro espírita. Um cordão fluídico circundava a casa, e a equipe de proteção distribuía seus agentes em pontos estratégicos para impedir a entrada de quem não tivesse permissão para adentrar a casa.

— Não se preocupe com isso. Quando o chefe chegar, entraremos. É sempre assim, mas eles são crédulos demais e acham que vão nos salvar do inferno.

Finalmente, o chefe chegou ladeado por dois espíritos truculentos, seus guarda-costas. Era arrogante e vestia-se como um rei. Usava um manto vermelho ofuscante com pedras grosseiras. Em todos os dedos ostentava anéis de gosto duvidoso.

Telma tremeu, mas Margarida amparou-a.

Quando o chefe se apresentou aos guardas para que esses os deixassem entrar, nem parecia o mesmo. Tornara-se humilde. Havia se despido da túnica bordada com pedras rutilantes e tirado todos os anéis dos dedos. Um dos guarda-costas ficou encarregado de guardar seus pertences. Telma e Antenor mantiveram-se calados.

Uma entidade de olhar sereno barrou-lhes a entrada.

— Sinto muito, amigos, mas não poderão entrar.

— Deve haver algum desencontro. Eu marquei um encontro aqui com um dos médiuns, meu amigo. Combinamos na noite passada.

O guardião mandou chamar seu superior e relatou-lhe o que estava acontecendo.

André, o mentor espiritual daquele trabalho, chegou. Era simpático e percebeu na hora o que estava acontecendo. Não era a primeira vez que espíritos trevosos tentavam adentrar uma casa espírita. Ele sabia muito bem qual era a finalidade deles, mas, contrariamente ao que o guardião esperava, deixou-os entrar:

— Sejam bem-vindos, amigos. Entrem. Fiquem em paz.

O chefe olhou para Antenor e deu um risinho de escárnio como a lhe dizer: "Não te falei? Eles são crédulos e pensam que vão nos arrebatar para a luz".

André, profundamente penalizado, já sabia que receberiam aquelas visitas e qual era o propósito deles. Não os impediu. Os trabalhadores encarnados, os médiuns, precisavam ser testados na sua fé e determinação no trabalho da luz. Os que caíssem diante das forças trevosas com certeza aproveitariam a lição para que, futuramente, fossem mais cuidadosos.

Muitas vezes, os espíritos ainda imaturos são instrumentos de educação utilizados pela espiritualidade para os testes necessários. André permitiu a entrada deles. Olhou para Telma e viu Margarida. Abraçou-a carinhosamente e disse:

— Espero que, hoje, nossa Telma se desligue das trevas e siga com você. Ela já sofreu muito. Agora, começa a perceber que a vingança fere mais a quem se vinga do que aquele que a sofre.

A casa estava lotada. Poucos lugares ainda estavam vazios. Os desencarnados trevosos entraram, e o chefe deles logo desapareceu. Faltavam ainda alguns minutos para o início da sessão. Uma música suave inundava o ambiente, e Telma experimentou uma sensação diferente, como se mergulhasse num oceano e se limpasse de toda impureza. Margarida estava junto dela, sem ser percebida.

Falando ao ouvido de Antenor, Telma perguntou aonde o chefe fora. Estava preocupada, pois não queria que ele fizesse mal àquelas pessoas que transmitiam tanta paz e amor. Antes que pudesse responder, Antenor foi chamado por ele.

O chefe aproveitou uma saída de André e agiu rápido.

— Preste atenção, Antenor. Você também, Otaviano.

Um dos médiuns, o mais atuante de todos, deixava o pensamento solto. Uma mulher elegante entrou. Seu decote mostrava o início dos seios generosos. E Augusto, o médium, olhou-a com admiração, mas sem maldade alguma. O chefe, então, entrou em cena: "Augusto, ela olhou pra você. Vai perder a oportunidade? Ela é tremendamente infeliz. Console-a. É uma caridade que fará. Vamos, homem!".

Augusto, um dos melhores médiuns da casa, captou a sugestão. Quis lutar, mas a ideia não lhe saía da cabeça. Distraidamente, a mulher olhou-o. Ele disse a si mesmo que, ao sair, procuraria por ela. Não que quisesse algo imoral, justificou-se prontamente, mas se ela era infeliz, ele a ajudaria. "Quem sabe não está sendo obsidiada?"

O chefe ficou radiante.

— Agora que ele já está enfeitiçado, tudo fluirá naturalmente. Eu dei o impulso; o resto ele fará sozinho e de boa vontade. Vamos agora à presidenta da casa, à dona Amélia. Com Augusto foi muito fácil. Nem teve graça.

André observava-os de longe. Sabia exatamente o que estavam fazendo. Interviria se achasse oportuno. Os médiuns deveriam aprender a se defender do assédio das sombras.

Os trevosos chegaram perto de Amélia, mas o pensamento dela não estava vagabundeando em algum lugar ou distraído. Ela pensava em Jesus. Vez ou outra, também em Maria de Nazaré. Sentia-se envolvida pelo manto azul da mãe maior e, fato curioso, realmente uma luz azulada, como um tênue véu, a envolvia. A imagem de Maria projetava-se acima de sua cabeça, num gracioso halo de luz. Amélia sentia-se feliz e agradecida por mais aquele dia de trabalho espiritual.

O chefe aproximou-se, contudo, uma força impediu-o de chegar mais perto dela. Tentou novamente, porém, foi mais uma vez rechaçado. Não tinha forças para romper a barreira fluídica que protegia dona Amélia.

Confuso e envergonhado, mandou que Antenor tentasse. Quem sabe não se saísse melhor do que ele?

Antenor também não teve êxito. Uma, duas, várias tentativas, e não obteve sucesso.

— Chefe, não acha melhor darmos o fora daqui? Estou me sentindo estranho... enfraquecido e meio atordoado.

— Reaja! A luz está tentando arrebatá-lo. Eles conhecem hipnose. Sempre fazem isso. É preciso ser forte.

Antenor firmou seu pensamento. O chefe ajudou-o a se restabelecer.

Os trabalhos, então, começaram.

Naquela noite, o médium Augusto não conseguiu ser fiel ao que o espírito desencarnado lhe transmitia. Sua comunicação foi mais anímica do que realmente a que o espírito comunicante queria transmitir. Não pôde se concentrar devidamente. Em seu cérebro só havia a figura insinuante da mulher.

André aproximou-se de uma médium, senhora simpática e que irradiava muito amor. Depois, foi em busca de Telma. Ela estava sozinha, e a avozinha abraçava-a, feliz.

— Venha, Telma. Você falará por nossa Iracema.

— Mas eu... eu... Antenor... o chefe...

— Não pense mais neles. Já se foram e não mais a perturbarão. Todos nós temos a hora de nossa libertação. A sua chegou hoje.

Telma deixou-se conduzir pelo espírito André e falou pela boca da médium. Chorou e contou resumidamente sua história.

— Telma, você consegue enxergar sua avozinha? Ela está bem perto de você agora — disse o facilitador.

Telma levou um choque.

— Minha vó querida? Vovó Margarida?

— Sim. Ela esteve perto de você esse tempo todo. Os inimigos da luz julgaram que lhe ensinariam as artimanhas das trevas, mas, na verdade, a trouxeram até nós. A luz é sempre mais forte.

Telma desligou-se do aparelho mediúnico e viu a avó, que a estreitou nos braços e a levou dali. Antes, agradeceu à equipe de trabalhadores encarnados e desencarnados.

— E o médium Augusto? Percebi que ele truncou boa parte da comunicação. Vi que foi influenciado e pode pôr seu trabalho a perder — preocupou-se Margarida.

— Ele terá de aprender. Saberá que a mediunidade é ferramenta de trabalho para o bem, mas também nos abre as portas para o mal. Nós, claro, o socorreremos, mas a última palavra sempre será dele.

— Sim, o livre-arbítrio. O plantio e a colheita.

— Exatamente, Margarida. Agora vá com nossa Telma. Ela merece descansar. Já sofreu muito.

Assim que os trabalhos terminaram, Augusto correu para junto da mulher e disse:

— Percebi que a senhora está infeliz.

Ela respondeu-lhe que estava se separando do marido e por isso estava muito infeliz.

— Realmente, é difícil. Eu compreendo perfeitamente. Qual é seu nome?

— Cibele. E o do senhor?

— Augusto... às suas ordens.

— Muito grata. O senhor é casado?

— Não, mas posso imaginar seu sofrimento.

Foram conversando até chegarem ao carro de Cibele. O chefe e Antenor seguiam-nos de perto e tentavam influenciar ainda mais o médium.

— Eu não lhe disse, Antenor? Aí... bastou um empurrãozinho. Isso já estava dentro dele, e a qualquer momento ele baixaria a guarda. Assim é a maioria das pessoas, médiuns ou não.

— Tudo é fachada. Uma casquinha de verniz para encobrir os arranhões da alma — falou Antenor.

— Ora, ora, não sabia que você deu agora para poetar. — Riu com deboche.

— É... às vezes algo nos deixa mais sensíveis.

— Cuidado. Muita sensibilidade traz sofrimento.

Na verdade, Antenor também se "limpara" um pouco ao entrar em contato com a luz de Amélia. Muito "cascão" ainda havia para ser tirado até tornar possível a limpeza completa, mas já era um início.

— Chefe, como pudemos perder a Telma? Ela queria tanto se vingar de Tonhão. Arrependo-me de tê-la trazido aqui.

— Ela é uma fraca. Acho que se deixou influenciar pelo blá-blá-blá religioso.

O chefe estava preocupado. Percebeu que Antenor estava diferente e que prestara muita atenção na palestra da noite, em vez de, como ele, tentar distrair a atenção dos ouvintes ou lhes provocar sono, a fim de que não ouvissem a preleção.

Antenor seguia circunspecto. Ouvira o sermão no centro espírita e ficara impressionado. Encontraram outros espíritos arruaceiros. Um deles se aproximou e sondou Antenor:

— Que cara, *mermão*! Parece que tá de mal com a vida! Que bicho te mordeu? Xiiii... isso já aconteceu comigo uma vez.

Antenor continuou sério. Perguntava-se o porquê daquele estado estranho de alheamento. De repente, tudo perdera o encanto, a razão de existir.

— E o que você fez? — perguntou o chefe.

— Eles conseguiram me fazer me comunicar através de um médium. Me senti amarrado. Prometi que iria me emendar, que seguiria junto com alguns espíritos que lá estavam, mas dei o fora e nunca mais quis saber de entrar lá. Eles são perigosos, mano.

※

Augusto e Cibele conversavam animadamente.

— Estou muito esperançosa de que no centro eles me ajudem.

— Com certeza. Mas a senhora tem de vir sempre.

— Farei o possível.

— Gostaria muito de poder ajudar a senhora. Separações são muito traumáticas.

Despediram-se. Augusto estava realmente encantado com Cibele. Gostou de saber que ela estava se separando do marido.

Seu guia espiritual percebeu o perigo que ele estava correndo. Augusto botaria tudo a perder se continuasse a agir como um adolescente apaixonado e se não reagisse às influências das trevas. "Infelizmente, às vezes, o médium precisa cair para aprender a se defender."

Augusto chegou em casa e foi direto para o quarto. Queria rememorar os instantes que passara na companhia de Cibele. As lembranças ainda o faziam tremer. É claro que Antenor e o chefe não viram o guia espiritual e seguiram com ele.

Augusto deitou-se e deixou as fantasias dominarem-lhe a mente. O chefe estimulou-o ainda mais: "Isso mesmo. Você é solteiro. Até hoje não teve tempo pra si. Só fica enfiado lá no centro. Viva a vida, meu rapaz. Cibele está mesmo se divorciando. Você fará um bem a ela e a si mesmo".

Augusto julgou que tais pensamentos fossem dele. Dormiu, e à sua espera estava seu anjo guardião.

"Ah, Augusto. No primeiro teste, você caiu desastrosamente!"

"Do que está falando? Eu nada fiz de errado. Fui ao centro... trabalhei... recebi uma mensagem. O que posso fazer mais?"

"Você bem sabe do que estou falando. Hoje, você se comportou como um adolescente tolo, que não pode ver uma mulher bonita e já se apaixona".

Augusto sentiu revolta. Sua consciência não o acusava de nada. Ele era solteiro, e Cibele estava se divorciando. Pacientemente, seu espírito protetor disse:

"Não haveria nada de mais se você não negligenciasse seu trabalho mediúnico. E o que aconteceu? Eu lhe digo: Você não vigiou seus pensamentos. 'Vigiai e orai', não foi isso que Jesus ensinou? Você orou bastante, sou testemunha disso, mas, enquanto orava, seus pensamentos estavam em Cibele. Vi as formas-pensamento que você construía. Formas sensuais e até pervertidas. Você contaminou o ambiente sagrado da casa espírita com tais formas e deu um trabalhão à equipe de limpeza, que já havia higienizado todo o recinto. Você foi pueril e irresponsável. E tem mais: deturpou tudo o que o espírito comunicante falou."

"Mas eu..."

Envergonhado, o médium invigilante só gaguejou. Seu protetor fez-lhe mais algumas observações, inclusive, avisou-lhe que os obsessores estavam por trás daquele "encantamento", portanto, que ele não lhes desse abertura. Por fim, relembrou-o do compromisso e da responsabilidade que tinha por ser uma ponte entre o mundo material e o espiritual.

"Lembre-se, Augusto, de que foi você que insistiu para trabalhar como médium na presente existência. Agora, honre o compromisso."

"Não me lembro, mas se você diz... E há obsessores por trás disso?!"

"Sim, as trevas não descansam. Agora, tentam desestabilizar, desacreditar o Espiritismo e os médiuns. Não colabore para isso, pois um dia terá de responder e, garanto-lhe, sofrerá muito com o fracasso. Cuide de sua vida particular fora da casa espírita. Ninguém ali o impedirá de se apaixonar e se casar, mas não misture as coisas."

Depois dessa conversa, o protetor fez Augusto despertar a fim de que não esquecesse tudo o que ele lhe dissera. Fez-se também visível para o chefe, e Antenor e os dois foram como que sugados dali.

"Caramba! Que sonho! Mas acho que foi real. Meu mentor me deu um puxão de orelha daqueles! Ele me disse que há obsessores por trás disso. Agora estou mais consciente e percebo a tolice que fiz. Mas isso não acontecerá de novo." E se lembrou: "Na semana passada, critiquei um médium que abandonou a casa para ficar com uma das trabalhadoras. Ela era solteira, mas ele era casado. Apaixonou-se por ela e abandonou a família. Lembro-me de tê-lo chamado de fraco, de ter dito que ele não honrou a mediunidade. E hoje, apenas uma semana depois, também 'pisei na bola'. 'É fácil ser pedra, difícil é ser vidraça'", pensou, Augusto.

A lembrança de Cibele povoou a mente de Augusto, que sentiu um frêmito a lhe percorrer o corpo. Orou o pai-nosso e deteve-se mais tempo no "não nos deixeis cair em tentação".

A lembrança da bela mulher foi substituída pela imagem serena do Cristo Jesus. Estava mais consciente. Soube que havia hora para tudo. No centro, deveria dar o melhor de si sem deixar o pensamento fugir e atrapalhar os trabalhos.

"Se vai dar compromisso sério entre mim e Cibele, as coisas acontecerão normalmente. Não haverá nenhum obsessor me comandando a vontade. Deixemos esfriar. O tempo é o grande solucionador de qualquer problema. Não devo me esquecer de que, enquanto eu estiver em trabalho mediúnico no centro, todo problema de ordem material deve ser tratado fora dali."

Capítulo 14

INTERVENÇÃO ESPIRITUAL

Três meses depois, a casa de Jarbas foi vendida. Ele deu a parte do filho e comprou um pequeno apartamento. Elisa ajudou-o na decoração. Estava feliz até que Tonhão apareceu. Um forte cheiro de álcool invadiu o apartamento.

— Esse vício ainda vai te matar. Pare com isso!

— Não dê palpites, Elisa. Arrume suas tralhas. Já comprei um apartamento em um bairro bom. Você vai gostar. Terá sua casa e não precisará mais do favor desse bode velho.

— Tonhão, mais respeito com seu pai. Ele tem nome. Não o chame de bode velho. Ele nem velho é. Isso é falta de respeito!

— Ora, ora... então agora você é a advogada de defesa dele? Desde quando estão se dando tão bem? É... estou entendendo...

Falou com ironia na voz, e Elisa mordeu os lábios. Era insuportável discutir com Tonhão e lhe dar explicações. Virou as costas e saiu.

Ele foi atrás vomitando suas injúrias e insinuando que os dois haviam se tornado amantes.

— Pois é... Então você até ajudou o velho na decoração deste apartamento, não foi?

— Ajudei sim. O que tem isso?

— Dormiu com ele? Fale, sua desavergonhada!

— Você é nojento, sabia?

Elisa segurava as lágrimas.

— Agora já chega. Vamos embora daqui agora.

— Não. Agora não!

— Elisa, não me provoque. Já esqueceu o peso da minha mão?

Jarbas chegou e não gostou da presença do filho ali. Pressentiu que ele fora buscar Elisa e sentiu que a separação lhe seria dolorida. Gostaria de se casar com ela, mas o filho era-lhe um obstáculo. Ele jamais os perdoaria. Haveria de persegui-los até o fim do mundo. Achou melhor esquecer Elisa e voltar à vida solitária de outrora. Por algum tempo, viu a vida surgir novamente, mas ela escapou por um vão da porta.

Elisa gostaria de afrontar Tonhão. Sabia que podia contar com a proteção de Jarbas, mas as lembranças gravadas no inconsciente alertavam-na quanto ao perigo de ocorrer novamente uma desgraça. Elisa estava a ponto de gritar e dizer que não iria com ele, quando se sentiu atordoada e teria caído se Jarbas não a amparasse. Tonhão assustou-se e foi buscar um copo com água. Ela pediu para ficar sozinha por alguns instantes. Precisava descansar, pois um cansaço muito grande a abateu.

— Você não está bem. Como vamos deixá-la sozinha? Quer que chame uma ambulância? — perguntou Jarbas.

— Não. Não precisa. Não é nada sério... Só estou com muito sono.

— Isso é muito estranho.

— Por favor, fiquem aqui se quiserem, mas me deixem quieta. Estou ouvindo vozes e quero saber quem está falando comigo.

Elisa fechou os olhos e literalmente saiu do ar.

— Ouvindo vozes?! Acho que a Elisa pirou.

— Ela, às vezes, é bem estranha. Já disse que viu sua mãe por aqui. Parece que ouve vozes do além. Deve ter o que o Espiritismo chama de mediunidade.

— Só me faltava essa agora!

— Vamos esperar. Ela está respirando normalmente.

— Não acha que devemos chamar uma ambulância ou um médico? — perguntou Tonhão um tanto assustado.

— Ela disse para não chamar. Vamos ficar aqui só observando.

Elisa dormiu. Um sono provocado por Celeste, seu anjo da guarda, que pressentiu que ela tomaria uma atitude não recomendável para sua vida espiritual. De fato, Elisa estava a ponto de dizer a Tonhão que não iria com ele e que ficaria com Jarbas. Então, o pior aconteceria. Já lera nos pensamentos de Tonhão que, se isso acontecesse, ele mataria os dois. Estava armado e faria isso sem pensar duas vezes. Já premeditara o crime. Não admitia ser traído pelos dois. As reminiscências daquela malfadada existência voltaram-lhe. Lembranças esgarçadas apontavam-na como traidora de sua confiança e do seu amor. Jarbas insinuava-se em sua mente como o assassino do passado, mas nada lhe vinha de forma clara e objetiva. Era como se olhasse através de um espelho danificado.

 O sono de Elisa foi tranquilo. Ela foi levada dali, e mostraram-lhe a tragédia da existência anterior da qual fora responsável. O jovem apaixonado, caluniado e morto de forma violenta. "Elisa, você mesma escreveu esta redação de sua vida. Naquela ocasião, você se arrependeu e sofreu muito. Então, prometeu ajudar Tonhão, o Bruno de outrora. Se ficar com Jarbas, Tonhão matará vocês dois, e você mais o afundará no desespero e no sofrimento. Não pense em si, agora. Aja com amor... veja nele um irmão a quem deve ajudar. Renuncie, por enquanto, à felicidade."

 Elisa acordou. Foram apenas alguns minutos. Ela, então, soube que não poderia abandonar Tonhão. Ela o matara, indiretamente, em outra existência. Retribuíra com ingratidão o amor que ele lhe oferecera, traíra sua confiança e plantara-lhe na alma os espinhos da revolta e o desejo de vingança. Colhia, agora, sua lavoura. Então, devia a ela mesma o que sofria.

Tonhão e o pai não sabiam o que dizer.

— Tonhão, dê-me apenas alguns minutos. Vou arrumar minhas coisas e já o acompanho.

Tonhão olhou para Jarbas, que mal pôde reprimir o espanto.

— E você, velho safado, não será bem-vindo à minha casa.

Jarbas retirou-se sem nada responder. Queria se despedir de Elisa, mas Tonhão, como um animal a defender a presa, foi atrás.

No quarto, ela liberou as lágrimas fortemente reprimidas.

Jarbas fechou-se em seu quarto. Não queria vê-la partir.

Capítulo 15

COLHEITA AMARGA

Um mês havia se passado desde os últimos acontecimentos. Tonhão comprara um diminuto apartamento num bairro de classe média e "promoveu" Elisa:

— Elisa, você não será mais uma prostituta qualquer de rua. Agora, você será uma garota de programa. Muito mais chique.

Tonhão estava drogado e riu até não poder mais.

Elisa entendeu, mas era como pular da panela para o fogo. Por um momento, pensou que Tonhão a tiraria daquela vida. Ele continuou, sarcástico, jogando sal na ferida.

— Era mesmo uma pena você ter de ficar nas esquinas da vida, com sol, chuva, frio. Sei que não gosta disso e que o dinheiro que traz é muito pouco. Você não sabe se valorizar. É bonita, tem um corpo escultural, mas acho que é fria feito uma pedra de gelo! Por isso não tem bastantes clientes.

Elisa percebeu que ele não estava bem. Quando se drogava, Tonhão tornava-se ainda mais violento. Ela retirou-se para o quarto, mas ele foi atrás. Jogou-a na cama e quis estuprá-la. Elisa resistiu. Achou forças não sabia de onde e o empurrou.

— Sua vaca! Aposto que para o velho você não se fez de difícil.

— Cale essa boca imunda! Você é o ser mais desprezível que já conheci.

Tonhão avançou sobre Elisa e bateu nela até fazer seu nariz sangrar. Depois, foi buscar uma bacia com água e limpou-a com cuidado.

— Tá vendo? Eu não queria te bater, mas você me provoca! Está doendo muito? Venha aqui. Vamos pôr uma compressa gelada nesse olho. Espero que não fique roxo. É sua estreia como garota de programa e é bom que esteja bem bonita.

"Miserável! Qualquer dia acabo com você", pensou Elisa. Tonhão continuou:

— Não vá ficar doente, pois amanhã já tem dois clientes marcados. Homens finos e educados. Você verá.

Enquanto Tonhão falava, acariciava os longos cabelos de Elisa, vez ou outra levando-os aos lábios.

Elisa deixou-o falando sozinho e saiu. Tonhão esparramou-se na cama e dormiu.

Na rua, Elisa continuou chorando. As pessoas passavam por ela e perguntavam-se o que lhe teria acontecido. O espírito Aurélio, que ainda não havia perdido a esperança de renascer como filho dela, aproximou-se. Em seguida, chamou Celeste pelo pensamento. Sempre se comunicavam dessa forma.

Elisa afastava-se cada vez mais do apartamento de Tonhão. Sentia seu coração despedaçar-se no peito. Uma revolta nunca antes sentida a fazia falar sozinha.

Celeste chegou. Pela inspiração, sugeriu-lhe que se sentasse um pouco no banco de um jardim.

Acreditando que tal pensamento era dela mesma, achou boa a ideia e sentou-se. Aurélio acarinhou seus cabelos, que caíam sobre os ombros em cachos mal definidos e revoltos. Penalizou-se ao ver suas roupas manchadas de sangue, o nariz ferido, o lábio machucado. Começava também a revoltar-se contra Tonhão, quando Celeste percebeu e o advertiu:

— Aurélio, vigie seus sentimentos. Nesta existência, Elisa é vítima, mas na passada foi algoz. Traiu Bruno, hoje Antônio, que perdeu a vida de forma covarde. Kiara, hoje Elisa, retribuiu com traição o amor que ele lhe oferecia na ocasião. Ela plantou o que está colhendo. Nada escapa à justiça divina.

— Mas, então, devemos ficar passivos a isso? Ele está certo em fazer o que faz?!

— Claro que não! Ele responderá também por essas agressões, pois não pratica o "amai-vos uns aos outros". Assim, mais se complica com a lei divina. Antônio faz sua justiça, porque no fundo não confia na justiça divina. Não se esqueça do que Jesus disse sobre o escândalo: que ele viria de qualquer forma, mas o responsável por sua vinda seria punido.

Só para lembrar aos leitores, a palavra escândalo tinha naquela ocasião um sentido mais abrangente, um sentido lato que significava **qualquer** ato negativo. Hoje, é mais usado para designar procedimentos vergonhosos muitas vezes relacionados a sexo.

Aurélio mudou imediatamente a qualidade de seus pensamentos. Não estava à altura para julgar quem quer que fosse.

Celeste sorriu.

— Meu amigo, Deus não precisa de ninguém para fazer o serviço educativo, o de harmonização. Ele tem seus métodos e se muitas vezes deixa que encarnados e desencarnados se vinguem, isso não acontece por determinação Dele, mas sim pelo respeito ao livre-arbítrio de cada um. O código divino desconhece tal procedimento. Os que se fazem de justiceiros agem por conta própria, e Deus permite, porque eles são instrumentos inconscientes da justiça. Se houvesse necessidade de criar assassinos, a lei divina seria falha. Viveríamos num determinismo, e ninguém poderia nos inculpar por nada.

— E se daria um círculo vicioso sem fim — concordou Aurélio.

Elisa sentou-se. O que faria no momento seguinte?

Celeste aproximou-se e aplicou-lhe um passe restaurador. Ficou um bom tempo orando com as mãos estendidas para seu rosto ferido. Aurélio também orava. Elisa sentiu-se transportar dali para um céu. Era médium sensível e percebeu que estava sendo amparada. Uma grande felicidade invadiu-a, e ela elevou o pensamento. Todo ódio que sentia por Tonhão desapareceu.

Voltaria para casa, mas não o obedeceria. Não seria garota de programa. Abandonaria a prostituição ainda que Tonhão a matasse de pancada.

Tonhão ainda dormia, e ela esperou que ele acordasse. Dali a instantes, ele levantou-se e lembrou-a dos compromissos agendados para a noite seguinte.

— Rasgue sua agenda porque não irei a lugar algum. De hoje em diante, não venderei mais meu corpo para me sustentar e para sustentá-lo. Não mesmo! Juro!

Tonhão estava tomando água e quase se engasgou:

— Elisa, já falamos sobre isso. Caramba! Você não tem para onde ir. É dependente e tola.

Elisa não deixou que a baixa estima que sempre tivera a dominasse novamente. Categórica e destemida, olhou-o:

— Arranjarei algum lugar. Qualquer lugar é melhor do que ficar aqui com você. Não quero odiá-lo ou ter de acabar com sua miserável vida! — falou baixo, incisiva e desafiadora.

Pela primeira vez, Tonhão titubeou. Mas foi apenas por um momento. Gritou-lhe desaforos e palavrões indescritíveis.

— Por favor, abaixe a voz. Ninguém precisa saber que você é um despudorado e que não tem o mínimo de educação.

Celeste e Aurélio estavam próximos dela e ouviram a decisão de Elisa.

— Irei para a rua... Dormirei embaixo de viadutos se for preciso, mas não conte mais comigo para o servicinho sujo.

Tonhão enfureceu-se ainda mais. A cozinha encheu-se de desencarnados que vadiavam por ali. Todos assanhados, eles queriam ver briga. Celeste fez-se visível e os pôs a correr dali. Tonhão partiu com as mãos fechadas em direção a Elisa. Nesse momento, Celeste o fez tropeçar. Ele caiu feito um saco de batatas. Aurélio quase bateu palmas. Elisa percebeu a ajuda espiritual, mas temeu que Tonhão se tornasse ainda mais agressivo.

"Elisa, arrume suas coisas e vá para a casa de Maria Emília. Peça abrigo a ela, pois Tonhão poderá acabar com você devido à sua decisão. Rápido. Ele torceu o pé na queda e não poderá segui-la".

Elisa ouviu a sugestão de Celeste. Deixou Tonhão gemendo de dor e, apressadamente, foi arrumar alguma roupa numa pequena mala. Passou por ele sem ser notada, pois no momento Tonhão procurava uma faixa para enrolar o pé.

Celeste e Aurélio seguiam-na de perto. Após uma hora de ônibus e mais alguns minutos a pé, Elisa chegou à casa da amiga. Abraçaram-se. Maria Emília estava feliz em rever a amiga, mas notou seus olhos inchados e o rosto arroxeado.

— Elisa, o que aconteceu?! Não me diga que aquele troglodita bateu em você novamente!

— Quase me matou de tanta pancada.

— Mas por quê?

— Porque me neguei a ser prostituta. Porque essa vida me enoja e prefiro morrer a voltar a ela.

Elisa olhava para os lados para ver se Tonhão não fora atrás dela. Tremeu ao pensar nessa possibilidade. Mostrara uma força e determinação que estava longe de sentir. Agora, sem o amparo espiritual, vacilava novamente.

— Maria Emília, vamos entrar. Tenho medo de que Tonhão venha até aqui e faça escândalo.

— Você ficará escondida aqui em casa por algum tempo. Até a poeira assentar. Depois, veremos o que fazer.

— E se ele aparecer por aqui?

— Fingirei surpresa! Perguntarei por você e lhe direi que não a vejo desde que vocês saíram daqui.

— Grata, Lia.

— Agora venha comigo.

— Vejo que você reconstruiu sua casa. Esta é bem melhor do que a outra.

— Sabe, há males que vêm para bem. Tenho uma tia solteira que me ajudou a construir e veio morar comigo. Este lugar é afastado do rio e não corro mais o risco de inundações e desmoronamentos de morro.

— Sua tia Heloísa? Gostei muito dela quando a conheci.

— Ela é muito boa. Tia Heloísa praticamente bancou tudo.

— E onde ela está agora?

— Viajando. Sua turma da terceira idade não cansa nunca. Venha, você ficará no quarto dela. Quando ela retornar, veremos o que fazer. O quarto é grande e cabe outra cama.

Elisa acalmou-se e arrumou sua pouca roupa num canto do armário de Heloísa.

— Descanse um pouco, Elisa.

— Posso tomar um banho?

— Claro. Venha. Vou lhe mostrar o banheiro.

As duas jantaram. Celeste e Aurélio estavam satisfeitos. Até aquela hora, Tonhão ainda não aparecera.

— Mas ele virá, com certeza — disse Aurélio.

— Primeiro, ele vai procurar no apartamento de Jarbas. Depois, virá procurar aqui. Precisamos ficar atentos.

— Ele é capaz de tudo.

— Deus é mais forte. Elisa tomou a resolução certa. Já se arrependeu e pagou muito caro pelo que fez a ele no passado. Agora basta!

— É bem verdade que o que se planta se colhe.

— Também é bem verdade que a Lei divina, como necessidade corretiva, se processa com amor.

Aurélio concordou com um sinal de cabeça. As duas amigas recolheram-se, pois a noite ia alta.

Capítulo 16

O ESPÍRITO É O SER INTELIGENTE DO UNIVERSO

Telma estava feliz no hospital espiritual para onde fora levada. Sentia-se outra. O ódio contra Tonhão arrefecera, mas, no fundo do coração, queria que ele sofresse. "Ele não merece ser feliz. Aquela Elisa é bem tola em ganhar dinheiro para ele."

Uma enfermeira a observava.

— Telma, muito cuidado com seus pensamentos. Vigie-os. Pensamentos anticristãos geram dor futura.

— Eu... eu... como você soube o que eu pensava?!

— Aqui, no mundo espiritual, podemos saber, quando queremos, o que o outro está pensando. Como em um filme.

— Ahn? É mesmo?! Já tinham me falado, mas não acreditei.

— Aqui, seus pensamentos ficam expostos como na tela da TV. Qualquer um, desde que se interesse, pode saber o que você está pensando, o que está pretendendo fazer.

Nem todo espírito consegue ler pensamentos, a não ser que esteja determinado a isso. Muitas vezes, nas colônias espirituais, é necessário saber quem realmente é aquele que lhes bate à porta. Muitos se dizem inocentes, quando não o são. Então, sua mente é analisada e falará sem erros. Muitos criminosos têm a cena do crime gravada na mente. Embora jurem inocência, são desmascarados por tais registros.

— Isso é fantástico! Fantástico e assustador. Quando eu estava encarnada e, mesmo depois, nunca me preocupei com isso. "Nunca tive nenhum cuidado com meus pensamentos... E eles não eram nada bons. Fico imaginando quantos os leram e me lamentaram..."

— Mas já faz tempo que você desencarnou. Não aprendeu nada?

Telma pensou que nada aprendera, porque se fechara no desejo de punir Tonhão e com nada mais se importara. Vivera num monoideísmo que a isolara de todos. Só alimentava a ideia de se vingar daquele que tanto a maltratara e a fizera perder o filho nascituro.

À pergunta, relembrou sua inútil vida. Pela misericórdia divina, fora encaminhada a um centro espírita. Ali, foi esclarecida e amparada. Lembrou-se de que fora lá levada por Antenor e por outro espírito, que era o chefe dele.

— Então, Telma? Não sabe que aqui, no plano espiritual, já não temos as máscaras que escondem nossos pensamentos e sentimentos?

— Sou muito ignorante, dona Ruth. Não sei de muitas coisas...

— Cuidado com a baixa estima, minha amiga. Ela não ajuda em nada. Só é empecilho ao crescimento espiritual.

— Mas é verdade. Eu não sou nada!

— Não diga isso. Se continuar acreditando nisso, você realmente se tornará um nada. Não sabe que nosso corpo perispiritual é moldável segundo nossos pensamentos e sentimentos?

— Como assim?

— Sim, ele obedece ao comando espiritual, ou seja, ao nosso comando. É o espírito que tem o corpo e não o contrário.

Telma prestava atenção ao que ouvia, embora não estivesse entendendo muito bem. Ruth continuou:

— É comum ouvirmos: "meu espírito", e isso dá a impressão de que nós somos o corpo. Um corpo que tem um espírito e não um espírito que tem um corpo. Se tal corpo somos nós, quem é, então, o espírito? A impressão que fica é que o ser inteligente, o ser pensante, é o corpo e não o espírito. Equívoco que vem se repetindo há centenas de anos. Eu sou o espírito. Eu sou o ser inteligente do universo. Eu sou a fagulha de luz, que um dia saiu da mente do Pai Criador. Então, o espírito não é meu; o espírito sou eu.

Ruth estava realmente disposta a fazer Telma entender.

— Deveríamos falar como espírito que realmente somos e não considerar o corpo como nossa individualidade. O corpo é nosso e foi concebido para que nós, espíritos, pudéssemos viver no plano grosseiro da matéria, mas o comandante, a centelha divina herdada do criador, somos nós, espíritos. Quando encarnados, somos uma trindade: espírito, corpo material e perispírito.

Telma balançou a cabeça. Era muita informação, e ela estava atordoada.

Ruth deu-lhe um tempo. Sorriu amorosamente e continuou:

— O corpo perispiritual é utilizado quando estamos encarnados e/ou desencarnados. Então, exemplificando: eu, espírito, ordeno; meu perispírito recebe essa ordem e a transmite a meu corpo, que obedece.

— Mas... isso não é muito complicado?

— Não é. Você não está entendendo muito bem, porque só agora está tomando conhecimento disso. Mas é simplesmente lógico.

— Quer dizer...

— Espere. Deixe-me completar para que você entenda direitinho e vigie seus pensamentos e sentimentos.

Telma concentrava-se. Não queria perder nada daqueles ensinamentos.

— Então, como estamos desencarnadas agora, sem o corpo carnal, temos o perispírito como canal de nossa manifestação (do espírito). Você não é realmente esse corpo perispiritual, assim como você não era, quando encarnada, o corpo material. Se você fosse o corpo material, estaria morta agora. Você é um espírito imortal, por isso está aqui. Você continua sendo um espírito, mas deixou o corpo material lá no cemitério e interage com o segundo corpo, o perispiritual, que continua obedecendo a você, espírito. Está entendendo? — ratificou para que ela guardasse bem as informações.

— Quase tudo. Sou muito tapada nessa matéria.

— Olhe aí... você não é tapada; você está tapada. Amanhã, pode não estar mais. Repito: tenha muito cuidado com a baixa estima.

— Preciso me lembrar sempre disso e me valorizar um pouco mais.

— É isso. O caminho do aprendizado é longo, e a conquista da sabedoria vem por uma "porta estreita", mas que está sempre acessível.

— Preciso entrar por essa porta.

— Quando estamos deste lado da vida, sempre nos propomos a entrar por ela, mas, depois... preferimos a porta larga das ilusões.

Telma estava encantada. Ninguém jamais lhe dera tanta atenção e informação. Ruth falava-lhe, não como uma mestra infalível, mas como uma irmã mais velha, que ensina a irmãzinha menor.

— Ruth, fale mais. Estou gostando muito.

— Um pouco de cada vez, Telma. Agora, você tem de meditar sobre tudo o que ouviu. Depois, se tiver mais dúvidas, me pergunte. Terei o maior prazer em esclarecer.

— Obrigada, amiga.

— Só mais uma coisa. Ratificando: você, como individualidade, como herdeira e filha de Deus, é o princípio inteligente que um dia saiu da mente Dele e evoluiu até se tornar o ser individualizado que é hoje. Então, nunca mais diga que não é nada. Você é, no mínimo, uma filha de Deus. E olhe que isso não é pouca coisa.

Telma sorriu.

— Sou uma filha de Deus! Então, tenho meu valor.

— Sim, Telma. Todos nós temos nosso valor. Entendeu por que devemos ter sempre pensamentos positivos e nunca devemos cultivar a baixa estima? Equilíbrio. Os extremos são sempre indesejáveis.

— Entendi. Lembro-me de que, certa vez, quando ainda estava encarnada, ouvi alguém dizer que somos o que pensamos. Na hora, achei que aquilo era bobagem e nem dei bola. Agora sei que é verdade.

— Olhe para si quando pensa em vingança e quando cultiva mágoas, ressentimentos... Veja como você escurece com as negatividades e como se torna mais clara e leve quando pensa no bem. É importante **policiar os sentimentos**, se você realmente quiser melhorar-se. A mudança tem de vir de dentro para fora. Aqui, no plano espiritual, não adianta **parecer**; o que conta mesmo é **ser**.

— Vejo que perdi muito tempo tentando me vingar do Tonhão. Prejudiquei a mim mesma, pois ele continuou igual.

— O dia de ele se modificar também chegará. O mal também cansa. Chega uma hora que a Lei da Evolução nos empurra. Avançar e progredir é preciso, pois a estagnação e a inércia propiciam empobrecimento moral/intelectual.

Por muito tempo, Ruth explicou como as coisas funcionavam no mundo dos espíritos. Assim que se restabelecesse, Telma seria encaminhada a uma escola. Conheceria novas pessoas e, com o tempo, esqueceria as mágoas e poderia até ajudar aquele que tanto a maltratara. "Retribua o mal com o bem." Não foi isso que o mestre Jesus recomendou? E lembremos que ele não falou isso para isentar aquele que faz o mal, mas para que nós crescêssemos e tivéssemos luz em nós. Luz que a piedade, a compreensão, a paz e o amor nos proporcionam. Tal recomendação ainda vai além: quando perdoamos e retribuímos o mal com o bem, anulamos o mal, quebramos a corrente do ódio, pois positivo (o bem) mais negativo (o mal) se anulam. Isso é matemática aplicada à vida. Assim agindo, desligamo-nos psiquicamente do desafeto, nos libertamos e adquirimos créditos espirituais que poderão nos ajudar em algum momento. Tudo é contabilizado no banco cósmico.

— Dona Ruth...

— Não precisa ser tão formal, Telma. Pode me chamar apenas de Ruth. Sou sua irmã. Pode dispor de mim no que precisar por aqui.

— Muito obrigada, Ruth. Queria conversar mais sobre muitas coisas. Já perdi tempo demais correndo atrás do Tonhão. De hoje em diante, vou orar por ele e me valorizar mais.

— Valorize-se na medida certa, para não se equivocar e ser enganada pelos excessos, tanto de baixa quanto de alta estima. Equilíbrio é fundamental, minha amiga.

Telma assentiu com um movimento de cabeça. Ruth continuou:

— Antônio precisa, sim, de muita oração. No fundo, ele não é mau. Já sofreu muito em outras encarnações e o que faz é por revolta. Passou a desacreditar de Deus quando sofreu a traição de Elisa.

— E a Eleonora? Você sabe dela?

— Você a conhece?

— Sim, eu sempre acompanhava Tonhão quando ele ia à casa do pai. Muitas vezes a vi escondida atrás de um quadro. Ela adorava aquele quadro, porque Jarbas lhe dera quando viajaram para a França.

— Ela também veio para cá. Assim que você sair deste quarto, poderá encontrá-la no jardim.

— Como ela está?

— Recuperando-se. Às vezes, julga ainda estar encarnada; outras, tem consciência de que já desencarnou, mas luta contra essa realidade. Diz que morre de medo da morte, contudo, não sabe que a morte já a arrebatou. Muitas vezes, quer voltar para casa. Ela tem momentos de lucidez alternados com outros de alienação.

— Ela passou muitos anos agarrada àquele quadro...

— ...e a Jarbas. Nunca permitiu que ele se casasse de novo. Ele teve algumas namoradas, mas todas eram escorraçadas de lá. Com medo, nunca mais voltavam.

— E aquela moça bonita que Tonhão explora?

— É Elisa. Soube que ela resolveu enfrentar Tonhão e se rebelou. Saiu de casa e está escondida na casa de uma amiga.

— Tive muito ódio dela, mas, assim que a conheci, vi que ela era apenas mais uma vítima. Coitada. Que vida Tonhão lhe impôs!

— Mas agora está bem. "Nada como um dia atrás do outro", como dizem os encarnados, não é?

— Nada como um dia atrás do outro — repetiu Telma.

Capítulo 17

ACERTO DE CONTAS

O dia iniciou chuvoso. As pessoas na rua, com seus guarda-chuvas, andavam com cuidado. As calçadas estavam em péssimo estado de conservação. Um tropeço seria tombo na certa.

Tonhão abriu a janela. Um vento frio, acompanhado de respingos de chuva, invadiu o quarto.

Fechou a janela e falou um palavrão contra o tempo. Depois, sentou-se na cama e envolveu a cabeça com as mãos. Pensou em Elisa e gritou:

— Elisa! Elisaaaaa... Desgraçada! Mal-agradecida. Você ainda me paga! Vou te trazer de volta pelos cabelos como faziam os homens das cavernas! Pensa que será fácil se livrar de mim? Estamos unidos para sempre. Para sempre, ouviu?

E, rindo, completou:

— Unidos no amor e no ódio!

Tonhão abriu o guarda-roupa para se certificar de que ela se fora mesmo. Ainda havia algumas peças de roupa no cabide. As bijuterias das quais ela tanto gostava não foram levadas.

Tonhão experimentou uma sensação de abandono. Já sentira isso antes. O mesmo sentimento de revolta e dor da existência passada, quando fora traído.

Preparou seu café. Elisa havia trazido pão e leite no dia anterior. Depois de alimentado, vestiu-se e saiu para trazer a moça de volta. Tinha quase certeza de que ela estava no apartamento do pai, pois bem viu o quanto eles haviam se dado bem.

"Desgraçados! Pensam que não percebi que estão de safadeza."

Detrás de uma árvore, alguém o observava. Assim que ele saiu, o homem foi atrás. Tonhão nem teve precaução para não ser visto, porque só tinha um pensamento: trazer Elisa de volta. E não via nada mais.

A chuva aumentara, e Tonhão já estava completamente molhado, quando embarcou em um ônibus. Acariciou o revólver no bolso interno do paletó. "Se Elisa teimar em ficar com o velho, matarei os dois. Depois... talvez me mate também. Para quê quero viver? O que tem sido minha vida? Todos me conhecem como gigolô. Dos mais ordinários. Eu não presto... a Elisa não presta... meu pai não presta... É um canalha aproveitador. Ainda bem que não é meu pai biológico, assim não terei remorsos quando lhe meter uma bala na cabeça."

Tais pensamentos foram pressentidos por alguns espíritos dos muitos que acompanhavam os encarnados. Um deles, em forma feminina, o envolveu. Pensamentos libidinosos afloraram, e ele sentiu prazer.

Curioso notar que ali cada encarnado era acompanhado de pelo menos dois desencarnados. E mais curioso ainda era perceber que havia uma ligação fluídica unindo-os. Parece que permutavam energias. Uma senhora pensava com ódio em algum desafeto. Sua aura era de cor escura e exalava um odor desagradável. Um dos espíritos que a acompanhava a estimulava cada vez mais os planos que ela tinha em mente: revidar os desaforos que sofrera de uma prima distante. O espírito dizia-lhe que nada temesse, pois ele a ajudaria naquela desforra.

Em determinado ponto, ela desceu. O desencarnado desceu junto. Absorta e sugestionada pelas palavras do desencarnado, a mulher fazia planos. Atravessou no vermelho, foi apanhada por um ônibus e arremessada longe. Sua morte foi rápida. Uma equipe de trabalhadores espirituais, que cuidava do atendimento a desencarnados por acidente, socorreu-a. O espírito que a acompanhava lamentou a perda, pois a mulher o satisfazia em seus desejos. Era um parasita dela. E ela jamais cultivou o "vigiai e orai". Suas preces eram apressadas e sem nenhum sentimento. Orava apenas por desencargo de consciência, muitas vezes com revolta no coração.

A prece é energia, é o alimento do espírito, mas tem de ser sentida intimamente. Orar sem sentimento, com outras preocupações materiais, com o pensamento distraído em outras questões, de nada adiantará; não surtirá o efeito que se espera da prece.

Tonhão e o espírito que o seguia também desembarcaram ali. Ambos ficaram impressionados com o acidente. Desde a manhã, quando Tonhão examinou seu revólver e colocou as balas, seu anjo da guarda começou a segui-lo mais de perto. Não conseguia, todavia, fazer-se ouvir, pois as vibrações dele — de revolta e ódio — impediam. Estava sendo muito difícil protegê-lo, livrá-lo das companhias espirituais inferiores, pois encontrava a porta de seu coração sempre fechada.

O trabalho dos guias espirituais quase sempre é árduo. Querem ajudar, evitar que se cometa o mal, todavia, não podem impedir que o encarnado aja por si mesmo. Respeitam o livre-arbítrio de cada um, ajudam com conselhos, com inspiração, mas a última palavra não pertence a eles.

Alexandre, o anjo da guarda de Tonhão, estava preocupado, mas tinha fé inquebrantável e esperava sempre um momento mais propício para inspirar seu protegido.

Esse momento chegou quando ele presenciou o acidente com aquela mulher. Ele emocionou-se a ponto de chorar. Não havia passado nem cinco minutos que ela descera do ônibus e já não existia para o mundo dos encarnados. A morte a arrebatara de forma violenta.

O sangue que tingiu o asfalto, o corpo caído, os sapatos atirados para longe tontearam Tonhão.

Levado pela impressão triste que a cena lhe causara, ele sentiu que iria desmaiar. Então pensou em Deus. Refletiu sobre a fragilidade da vida e sobre o existir e o não existir. O que haverá do outro lado da vida? Aquela senhora iria para o céu, para o purgatório ou para o inferno? Vivera bem? Deixaria saudades ou alívio em algumas pessoas?

Tonhão nunca, até então, se preocupara com essas questões. Ia vivendo a vida sem questionamentos. Endurecia-se e só se concentrava no amor e no ódio que sentia por Elisa. "Será que não estou sendo muito duro com ela?"

Interessante observar como os pensamentos mudam de repente. Num segundo, pensamos mil coisas que pretendemos fazer ou desfazer; num segundo momento, o pensamento já salta para outras coisas. Uma salada mista temperada com nossos sentimentos.

Alexandre percebeu que ele estava mais receptivo. Pelo simples fato de pensar na transitoriedade da vida e de pensar em Deus por alguns minutos, já abrira uma fresta da alma por onde ele pôde entrar. Um raio de sol penetra nas menores frinchas de uma parede.

"Antônio, meu amigo, vê o quanto é ilusória as coisas do mundo? Vê, como de repente, tudo perde a razão de ser? O que é feito do ódio, das vinganças, do poder material, quando, em uma fração de segundo, tudo se acaba? Valerá a pena enfrentar a justiça divina por essas quizilas?"

Tonhão captava com certa dificuldade as palavras de Alexandre. Lágrimas escorriam-lhe pelo rosto abatido. Ele acariciou o revólver e arrependeu-se do que pretendera fazer. "Não vou me arriscar a ser preso e condenado a passar anos na cadeia por dois ordinários."

Alexandre exultou de felicidade. Por enquanto, conseguira fazê-lo desistir da ideia criminosa. Ali mesmo, agradeceu a Deus.

O homem misterioso continuava olhando para Tonhão. Havia descoberto um pouco o rosto, e era possível ver que era bem jovem.

Tonhão teve a leve impressão de estar sendo seguido. Parou. O homem misterioso disfarçou, acendeu um cigarro e tomou um rumo contrário ao dele. Caminhou alguns passos, mas voltou, rápido, não perdendo de vista seu perseguido.

Tonhão encaminhou-se para o apartamento do pai e começou a imaginar Elisa nos braços de Jarbas. Em sua perturbação, mentalizava-os trocando carícias e beijos amorosos. E, o pior, rindo dele. Então, tudo escureceu novamente. O ódio rompeu o dique e inundou sua mente de um sentimento de vingança. "Não! Se eles pensam que vão tripudiar sobre mim, estão muito enganados."

Alexandre tentou envolvê-lo em sentimentos de perdão e mostrar-lhe que matar só o complicaria ainda mais. Que tivesse discernimento e bom senso. Aquela não era a melhor forma de resolver seu problema. Incentivou-o a pensar em Deus, em Jesus.

Tonhão sentiu-o de forma muito vaga, mas não acreditava que existisse vida depois da morte. Malgrado sua vontade, a semente do bem ficou lá, enroscada em alguma parte de sua mente. Não. Matar ele não mataria, pois não queria perder a liberdade. Concluiu que teria outros meios de trazer Elisa de volta.

A chuva diminuíra, e o céu abrira-se um pouco mais. Estugou o passo. Queria surpreender os dois e já os via tentando explicar-se.

Na frente do prédio, ele parou. A expectativa do encontro com Elisa e seu pai o fazia tremer. Um amargor na boca fê-lo engolir saliva. Não entrou. Procurou um lugar mais escondido por arbustos e tirou todas as balas do revólver. "Não quero ser tentado a atirar. Bem sei que, quando fico nervoso, não me controlo."

O jovem misterioso o seguia, com mais cuidado agora. Tonhão não se lembrava mais daquela impressão de estar sendo seguido.

Enfim, Tonhão respirou fundo e tocou a campainha. Anunciou-se ao porteiro. O portão se abriu, e ele entrou. O homem misterioso esperou algum tempo, disfarçando. Um garoto, morador do prédio, chegou, e o porteiro abriu o portão para ele. O homem estranho, fingindo conhecê-lo, entabulou uma conversa. O garoto não percebeu a manobra, e ambos entraram no prédio. O porteiro estava distraído conversando com um dos condôminos e nem viu que o menino entrara acompanhado.

Ele já estivera ali uma vez procurando Tonhão. Naquela ocasião, informou-se do número do apartamento de Jarbas. O porteiro disse o número, mas avisou que Jarbas havia saído e que só voltaria bem mais tarde. Ele esperou, mas Tonhão não viera com o pai. Depois de algumas diligências, descobriu onde Tonhão morava.

Naquela manhã, sua intenção era surpreendê-lo em casa, mas ele saíra bem cedo, com chuva e tudo. Essa era a razão por que o seguia. Ainda não encontrara um bom momento para a abordagem.

Tonhão tocou a campainha e esperou. Seu pai, ainda de pijama, atendeu à porta. Ficou surpreso com a repentina presença do filho ali, àquela hora da manhã.

— Antônio? O que quer aqui tão cedo? Notou se não foi seguido?

— Seguido por quem? Ficou maluco?

— Não faz muito tempo que vi Agnaldo rondando por aqui. Fez perguntas sobre você. Esqueceu que ele jurou te matar?

— Ahn... você anda vendo muito filme policial! Agnaldo foi embora para o interior.

— Quem pode te garantir que foi mesmo?

— Tenho meus contatos.

— Se foi, já voltou. Mas o que você quer? É muito cedo para visita.

— Você bem sabe! Onde está Elisa?

— Ora essa! E eu é que sei?!

— Não seja cínico, velho. Onde ela está?

Jarbas entendeu o que havia acontecido.

— Ela não está aqui.

— É o que veremos.

Tonhão revistou cada cômodo do apartamento e não a encontrou.

— Vou embora, mas, se souber que você está acobertando aquela safada, vai se ver comigo.

Jarbas nem teve tempo de responder, e Tonhão já batia a porta. O homem, que o esperava sair do apartamento do pai, o seguiu até um lugar mais ermo.

Tonhão nem teve tempo para nada. O homem misterioso já lhe apontava o revólver e o empurrava para um canto mais isolado. Por fim, tirou o boné que lhe encobria boa parte do rosto.

— Agnaldo! O que pensa que está fazendo?

— Finalmente, eu te encontrei, seu desgraçado!

— Agnaldo, olha...

— Olha o caramba! Hoje, vou acabar com você como acabou comigo. Traficante filho... — falou um sonoro palavrão.

Tonhão percebeu que Agnaldo estava drogado e lembrou que fora ele mesmo quem o iniciara nas drogas. Agora seria uma vítima dela? Uma vítima de si mesmo?

— Agnaldo, não vá estragar sua vida. Vamos conversar. Falo com meu pai. Ele tem dinheiro e pode te recompensar.

— Ele não pode pagar minha dignidade! Fui expulso de casa por meu pai, porque minha mãe morreu de desgosto por ter um filho viciado. Hoje, durmo na rua e como os restos que os restaurantes descartam. E tudo por sua causa, infeliz!

Tonhão tentou fugir, mas foi derrubado por Agnaldo, que em seguida disparou três tiros na cabeça do outro.

Feito o estrago, fugiu.

Tonhão já não vivia.

Agnaldo foi preso horas depois.

Capítulo 18

REENCONTRO

A polícia foi acionada. Levaram o corpo de Tonhão para os exames de praxe.

Jarbas não se conformava com o rumo que as coisas haviam tomado. No IML, pensava em Elisa. Estava realmente preocupado. Uma vez, ela lhe dissera que, quando não aguentasse mais, se mataria.

"Elisa, onde você está?"

Jarbas providenciou tudo para o enterro de Tonhão. Elisa não dava sinais de vida.

Enquanto o corpo era velado, Tonhão, em espírito, dormia acima dele. Nunca acreditara haver vida após a vida. No momento em que Agnaldo apontou a arma para ele, teria pensado que seu fim chegara? Que dormiria o sono eterno? Tudo indica que sim. Quando criança, frequentara a igreja evangélica e aprendera que, depois da morte, haveria um sono profundo, em que o morto só seria despertado no dia do juízo final. Atualmente, ele nem acreditava mais nisso. Tudo se diluíra e restara o nada.

Os que não acreditam na vida eterna e que nunca se preocuparam em conhecer o mundo espiritual têm dificuldade para acordar quando desencarnam. Ficam dormindo ou inconscientes e, na melhor das hipóteses, são socorridos e levados aos postos de socorro espiritual.

O guia espiritual de Tonhão acompanhava de perto os processos de desligamento e acomodara-o, completamente inconsciente, em uma maca.

Dormir durante os processos desencarnatórios é normal, mas Alexandre sabia diferenciar um sono provocado pela perturbação pós-desencarne de outro. Sabia que o tratamento para que ele acordasse não seria simples. Tonhão desencarnara com a ideia naquilo em que sempre acreditara: que não havia Deus, tampouco havia diabo; não havia céu, purgatório ou inferno. Assim como ele, existem muitos adeptos do niilismo, que dão trabalho às colônias espirituais que os recebem. Ficam dormindo, contudo, não é um sono tranquilo e reparador. A mente espiritual agita-se em sonhos estranhos e confusões de toda ordem. Seria uma consciência dentro da inconsciência. Um "dormir acordado". Desculpem-me o paradoxo.

Após o desligamento, Alexandre colocou Tonhão numa espécie de *van*, na qual havia mais três recém-desencarnados acompanhados de seus protetores. Todos os três dormiam em um sono reparador, bem diferente do de Tonhão.

O veículo planou por instantes no ar. Fez um contorno em círculo e partiu em alta velocidade. Alexandre e os espíritos que acompanhavam seus protegidos haviam também embarcado. Oravam, pedindo ajuda e proteção. Dentre os que estavam ali também estava a mulher (em corpo perispiritual) que fora atropelada pelo ônibus. Ela também ainda dormia, mas seu sono era agitado. Tonhão não se mexia ou apresentava qualquer sinal de despertamento.

Depois de algum tempo, chegaram a uma colônia cercada por uma muralha de proteção. Muitas colônias espirituais instalam tais muralhas, pois sofrem constantes ataques das trevas. Essa, para a qual os desencarnados foram levados, não era muito grande, mas os espíritos ali tratados eram muitos. Como ficava no umbral mais denso, o sol aparecia como se estivesse envolto em uma névoa leitosa. A lua também era opaca e às vezes aparecia completamente encoberta.

O veículo desceu quase na vertical e pousou, serenamente, num grande pátio. Luzes foram acesas. Diversos trabalhadores acudiram, orientando e encarregando-se de cuidar dos recém-desencarnados que chegavam.

Alexandre continuava orando por seu pupilo. Tonhão fora-lhe amigo de infância na existência em que fora morto pela traição de Kiara (Elisa).

Em uma grande enfermaria, muitas camas estavam dispostas paralelamente umas às outras.

Tonhão e os demais foram cuidadosamente deitados e higienizados.

Apagaram as luzes. Tudo feito no maior respeito. O silêncio só era quebrado pela respiração ofegante de alguns dos ali internados.

Todas as tardes, alguns espíritos postavam-se a cabeceiras deles e oravam, na esperança de que alguns deles despertassem. Às vezes, os internados eram tocados delicadamente e chamados pelo nome.

Era um serviço incansável. Parecia que não surtiria efeito algum, mas, de tempos em tempos, alguns deles acordavam. Meio tontos, cambaleantes e confusos, eram encaminhados para outros departamentos. Havia também os que não queriam ficar e voltavam quase que magneticamente para os lares da Terra.

Um daqueles espíritos dormira por décadas. Fora um senhor de escravos muito perverso. Ficara doente e acamado por três anos antes de morrer. Nos esgares da morte, pensou em sua vida de carrasco: matara muitos escravos fujões, separara famílias, aproveitara-se de escravas jovens e belas, então, resolveu que não enfrentaria os tribunais do espaço. Jamais se defrontaria com Deus ou com Satanás. Não. Era suficientemente inteligente para não se expor e ser punido.

Deixou seu corpo físico com muita relutância e fez o que premeditara: ficaria dormindo eternamente, até que Deus ou o Demônio se esquecesse dele. Chamava-se Zenóbio. Coronel Zenóbio, como era conhecido em sua fazenda nos finais do século XVII. Quando, finalmente, conseguiu acordar, fugiu dali, pois achou que chegara a hora da execução de sua sentença. Não esqueceu nada das maldades que fizera, pois que foram indelevelmente decalcadas no seu inconsciente.

Ninguém impediu sua fuga. Um dia voltaria.

Quanto a Tonhão, ninguém poderia afirmar se acordaria logo ou dormiria por décadas. Mas, como a bondade de Deus é incontestável, Eleonora, sua mãe, agora já refeita e trabalhando em um pronto-socorro ali perto, acompanhava o sono do filho querido. Mesmo a distância, não o esquecia e orava por ele, pedindo a intercessão de amigos espirituais a fim de que Tonhão acordasse logo para assumir suas responsabilidades e lidar com as consequências geradas por sua inconsequência. Ela também sofria, pois percebera o quanto errara como mãe, nunca lhe impondo limites e sendo por demais permissiva. Confundira amor com cegueira espiritual. Assim, sentia-se também responsável pela queda do filho.

Jarbas meditava sobre os últimos acontecimentos. Parecia-lhe um pesadelo e ainda tremia ao recordar o crime. "Ah, Antônio... por quais caminhos você andou, meu rapaz?"

Ele amava o filho adotivo. Viviam como dois inimigos, mas, na hora em que o viu morto, lamentou não ter sido um bom pai, conversado mais com Tonhão e, principalmente, não ter lhe falado do seu amor.

A campainha tocou. Jarbas teve esperança de que fosse Elisa. Sem que conseguisse impedir, o pensamento correu na frente, e ele se imaginou abrindo a porta e estreitando-a em seus braços. Aquele era seu desejo desde que a conhecera, mas havia Tonhão a impedir seus desejos. Agora não havia mais ninguém que pudesse impedi-lo de se casar com Elisa e ser feliz.

O pensamento é estranho: não pede licença para entrar nem para sair. Não avisa, não se desculpa pelas asneiras, constrói e destrói como bem entende, eleva e rebaixa em questão de segundos. Às vezes, é incoerente; às vezes, lógico. Só vai embora quando quer e não quando nós queremos. O pensamento de Jarbas sempre corria na frente, não lhe dando tempo para nenhuma reflexão.

Com o coração aos pulos, foi abrir a porta. Era o zelador com a correspondência. Mal conseguiu disfarçar o desapontamento. Os pensamentos de ventura esconderam-se, reprimidos, nos desvãos da mente.

Jarbas abriu a correspondência e atirou-as longe. O pensamento concentrou-se em Elisa: "Preciso encontrá-la. Onde será que ela se esconde?". De repente, lembrou-se de Maria Emília. "Como não pensei nisso antes? Claro! Ela deve ter ido para lá."

Mas havia outro problema: ele não sabia onde ela morava. Só sabia que ficava perto da casa de Elisa, a que desabara com as últimas chuvas.

Levantou-se de um salto, trocou-se e saiu.

— Vou até lá e pergunto. Alguém tem de saber onde Maria Emília mora — disse alto a si mesmo.

Jarbas andou, andou e não encontrava Elisa. Desesperava-se, e seus pensamentos fervilhavam.

Depois de perguntar em várias casas, desistiu. Um dia, ela teria de aparecer. Talvez o procurasse, pois não tinha aonde ir. Lembrando-se de que Tonhão comprara um apartamento, recordou-se também de que teria de ir até lá para providenciar os trâmites do espólio. Elisa seria a herdeira natural, uma vez que não tinham filhos. Não era legalmente casada com Tonhão, mas ele mesmo seria testemunha de que viviam juntos havia muitos anos. No dia seguinte, procurou o endereço que a moça lhe dera, mas aquela casa já não existia. Emocionou-se ao olhar a letra garranchosa dela.

"Elisa, bem sei o quanto você sofreu com Antônio. Se eu puder, vou compensá-la de tudo...", pensava, em enlevo. Um pensamento maldoso, contudo, o surpreendeu: "Sou mesmo um tolo, um romântico incorrigível. Como fico aqui fazendo planos, se nem sei se ela vai me querer? Sou bem mais velho do que ela... ela é bonita... sou o sogro dela... Não. Não sou sogro. Ela não era casada com Antônio", pensava com desconforto.

Jarbas foi até o apartamento do filho. Olhou a roupa e os objetos pessoais de Elisa. Recolheu do chão a camiseta suja de Tonhão e jogou-a na máquina de lavar. No varal, estava um vestido de Elisa. Ele recolheu-o e ficou acariciando-o, sonhando com a dona dele. Depois pensou: "Como o amor nos deixa infantis!". O que faria agora? De repente, lembrou-se de algo: "Claro! Elisa deve ter o novo endereço ou o telefone da amiga Maria Emília em alguma dessas bolsas. Três bolsas. Por que será que mulher gosta tanto de bolsa? Uma só não lhe basta... Eleonora — que Deus a tenha — não perdia uma liquidação. Tinha uma verdadeira coleção... Elisa não queria mais ir para as ruas, mas o Antônio a obrigava... Talvez tenha fugido por isso...".

Os pensamentos pulavam de um assunto a outro, sem que Jarbas pudesse controlar. Viu-se falando alto:

— Vamos lá, Jarbas! Comecemos por esta aqui. Nossa! Quanta quinquilharia tem uma bolsa de mulher.

Jogou tudo sobre a cama e encontrou um papel dobrado. Era um bilhete para Maria Emília. Pensou que seria indelicadeza ler, mas talvez ali houvesse alguma referência de onde a amiga morava atualmente, e aquele não era o momento de mostrar discrição. Por fim, mandou às favas a boa educação e a ética.

O quarto estava mal-iluminado:

"Aquele muquirana do Antônio pôs uma lâmpada bem fraca só para não gastar muito." Jarbas abriu a janela. Sentou-se na cama, pois a emoção de estar ali o fazia tremente.

Boa tarde, Lia.

Ontem, tive uma enxaqueca horrível. Nem pude atender direito e vim pra casa mais cedo. Tonhão ficou uma fera, mas não me bateu dessa vez.

O que quero de você é o seguinte: pode me emprestar algum dinheiro? Eu o devolverei assim que puder. É que não aguento mais Tonhão e pretendo fugir. Se eu pudesse, voltaria para o apartamento do Jarbas... ah... como ele é diferente do Tonhão! Sempre atencioso, cavalheiro, solícito... Mas eu nem posso pensar em ter nada com ele, como você sugeriu naquele dia. Tonhão, com certeza, não permitiria.

Olhe, Lia, vamos marcar um encontro. Ainda que não possa me emprestar o dinheiro, gostaria muito de falar com você, contar que tenho pensado no Jarbas mais do que convém. Será que estou gostando dele? Amiga, mande a resposta por esse portador. Ele é um menino de confiança. Até breve.

Sua amiga,
Elisa

Jarbas sentiu o coração disparar. Tudo ficou florido. A vida lhe sorria. "Elisa... então ela também me quer. A diferença de idade não é impedimento para nossa união. Meu Deus, permita que eu a encontre!" E como disse José de Alencar na bela época do Romantismo: "O vento cálido da tarde sussurrou nos seus ouvidos doces palavras, e a esperança fez seu corpo tremer de amor".

Jarbas dobrou o bilhete novamente e o guardou. "Por que será que ela escreveu o bilhete e não mandou?" Mas isso não tinha a menor importância agora. O importante era que Elisa não era indiferente ao seu amor e que também já cogitara ficar com ele.

"Meu Deus! Estou cometendo um pecado! Chego a me alegrar com a morte de Tonhão... Penso em Elisa com desejos mal contidos. Mas não consigo deixar de pensar. Ele não a merecia, judiava dela, prostituiu-a. Agora tudo será diferente..."

Na segunda bolsa que abriu, Jarbas encontrou o endereço de Maria Emília. Elisa não lhe mandara o bilhete justamente porque não se lembrara de onde guardara o endereço. Era evidente que ela não primava pela organização.

Jarbas guardou o endereço, recolocou a bolsa no lugar, fechou o apartamento e saiu.

Caminhava muito rápido, rezando para encontrar Elisa. Misturava oração com paixão. Queria deixar de pensar, mas saber que ela não lhe era indiferente animava todas as células do seu corpo, tornando-o um menino imberbe.

Finalmente, chegou.

— Elisa, venha ver. Um táxi parou aqui em frente. Acho bom você se esconder. Pode ser o Tonhão ou alguém a mando dele.

Elisa correu para o quarto dos fundos e seu coração disparou. "Se o Tonhão me levar à força, juro que fujo de novo na primeira oportunidade."

Elas ainda não sabiam da morte de Tonhão. Moravam bem longe de onde tudo acontecera.

Maria Emília viu quando Jarbas desceu do táxi, pagou o motorista e encaminhou-se para o portão. Ela chamou Elisa:

— Olha quem é nosso visitante. Será que veio a pedido de Tonhão?

— Jarbas?!

— Vamos ver o que ele quer.

Jarbas bateu palmas. Estava ansioso e rezava para que Elisa estivesse ali com a amiga.

— Elisa, fique lá no quarto. Vou ver o que ele quer. Se veio para te levar de volta para o filho, digo que você não está.

— Tudo bem. Mas vou ficar escutando a conversa. Estou muito curiosa.

Maria Emília abriu o portão, e Jarbas entrou. Vira-a apenas uma vez, por isso não tinha certeza se ela era a amiga de Elisa ou não.

Ele apresentou-se ante o olhar indagativo de Maria Emília e pediu:

— Podemos conversar lá dentro? O que tenho a falar é muito sério.

Maria Emília permitiu que Jarbas entrasse e mais uma vez viu o quanto ele era charmoso. Na primeira e única vez que o vira, impressionara-se muito com ele e até estimulou Elisa a conquistá-lo.

Entraram. Elisa apagou a luz para não ser vista do lado de fora. Quando Jarbas entrou, correu para a porta semiaberta.

Quando ele começou a falar, Elisa estremeceu: "Estará me procurando a mando de Tonhão?", pensava, sem saber se deveria continuar ali ou ir para a sala.

Maria Emília estava ressabiada e já ensaiava uma desculpa que fosse convincente.

— Senhor Jarbas... o que o senhor veio fazer aqui? Foi seu filho quem o mandou?

— Não, senhora! Tonhão não tem nada a ver com isso. Nem poderia...

Jarbas tinha a voz embargada quando perguntou:

— Elisa está aqui com você?

Ela abriu a boca para dizer que não, quando Elisa apareceu na sala.

Jarbas correu e foi abraçá-la:

— Graças a Deus que a encontrei!

Jarbas estava elegante. Havia feito a barba, cortado o cabelo de um jeito moderno e vestido sua melhor roupa. Usou até um perfume discreto, presente de Eleonora no aniversário de casamento. Queria fazer boa figura para Elisa. "Assim ela nem pensará na diferença de idade."

Elisa ficou sem jeito ao ser abraçada por ele. Somente uma vez ele a havia abraçado e trocado com ela beijos calorosos. Depois disso, tornou-se mais distante a fim de não ser tentado.

Maria Emília observava-os. O abraço foi longo, e Jarbas apertava Elisa contra o peito. Foi a moça quem se afastou, feliz, mas um tanto embaraçada.

— Elisa, você não sabe o quanto a procurei.

— O senh... Você está aqui a mando dele? Saiba que não voltarei pra ele nem amarrada. Prefiro morrer a voltar para aquela vida humilhante!

— Espere, Elisa. Fique calma. Vocês não sabem o que aconteceu, né?

As duas entreolharam-se e esperaram a conclusão de Jarbas.

— Tonhão morreu há duas semanas.

— O quê?!

— Morreu, Elisa. Antônio deixou este mundo. Não a importunará mais.

— Meu Deus! Apesar de tudo o que ele me fez, nunca desejei sua morte. Mas como ele morreu? Foi acidente? Briga por ponto de droga?

— Não sei se já lhe falei que, tempos atrás, Tonhão viciou um rapaz em drogas e lhe tomou muito dinheiro. Como vocês dizem, "depenou" o coitado. Agnaldo jurou que haveria de matá-lo. Eu preveni Antônio muitas vezes, pois via sempre o rapaz fazendo perguntas. Então, há duas semanas ele conseguiu seguir o Antônio e disparou três tiros contra ele.

— E esse tal de Agnaldo foi preso?

— Sim, mas não mostrou arrependimento. Disse que faria tudo novamente.

Elisa estava surpresa. Maria Emília não mostrava tristeza alguma, muito ao contrário.

Elisa olhou para Jarbas. Nos olhos da moça ele percebeu que a notícia não a abalara muito. Ela pareceu-lhe até mais leve e seu semblante mais descontraído.

— Elisa, você vem comigo? — Jarbas tremia como um garoto diante da primeira namorada.

— Eu... não sei...

Foi Maria Emília quem disse:

— Claro que ela vai, senhor Jarbas. — E olhou para Elisa com uma carranca engraçada.

— Elisa, precisamos tomar algumas providências quanto ao apartamento de vocês.

— O apartamento era do Tonhão. Foi parte da herança dele. Não tenho nada a ver com isso. Nem casados legalmente nós éramos.

— Você está enganada. Você tem direito de esposa legítima. Claro que tem.

— Jarbas, talvez você não saiba, mas Tonhão fez questão de colocar tudo apenas no nome dele, como se ele não tivesse herdeiros, como se fosse solteiro.

— Isso não tem importância. Provaremos que você vivia com ele há muito tempo. Uma coisa é certa: você não sairá de mãos vazias nesse espólio.

— Nada entendo disso.

Maria Emília foi fazer um café. Torcia para que tudo desse certo para a amiga. "Ahn... se fosse comigo! Eu conquistaria esse bonitão e me casaria com ele sem pensar duas vezes."

Houve um silêncio constrangedor entre Elisa e Jarbas.

Num impulso, ele tomou as mãos dela:

— Você está com as mãos geladas! Está triste pela morte do Tonhão?

— Para dizer a verdade, sinto-me aliviada. Ele queria que eu fosse garota de programa, e, acredite, eu deveria usar nosso apartamento para os encontros. Ele se encarregaria de levar os clientes até lá. Dizia que dava mais dinheiro e era mais seguro para mim.

Jarbas não se surpreendeu. Esperava tudo do filho. Elisa continuou:

— Ele disse que estava me promovendo.

— Às vezes, penso que Tonhão não era humano. Nem bicho era, pois os bichos não agem assim.

— Eu já havia decidido abandonar aquela vida desgraçada. Muito sofri. Muitas coisas tive de enfrentar. Às vezes, chegava a vomitar de nojo.

Maria Emília voltou com o café, e eles silenciaram.

— Irei com você para pegar minhas coisas. Na pressa de fugir, deixei lá meus pertences — disse, por fim, Elisa.

Depois de algum tempo, despediram-se de Maria Emília.

Capítulo 19

A REALIDADE DA VIDA APÓS A MORTE

Tonhão tinha uma expressão endurecida. Ainda dormia e parecia realmente um morto. Não dava sinais de que acordaria tão cedo. As orações diárias em favor de todos aqueles adormecidos pareciam não surtir efeito algum, contudo, os trabalhadores do bem não desanimavam. Durante o dia, abriam as janelas para que o sol entrasse. Uma música suave invadia toda a enfermaria, e o vento agitava as cortinas leves e transparentes.

Eleonora modificara-se bastante. O mundo espiritual foi uma grata surpresa para ela. Aprendera que ficaria dormindo, aguardando o dia do juízo final, mas, depois de esclarecida sobre sua situação, pensou em como parte da humanidade estava equivocada quanto à realidade da vida após a morte.

Ali, naquela colônia, era uma trabalhadora exemplar. Fez amizade com Mônica, que continuava irreverente, mas que também trabalhava e aprendia.

A conscientização não se dá ao mesmo tempo para todos. Alguns "acordam" mais cedo, outros demoram mais. Mônica já não podia duvidar de que existia vida muito mais abundante no plano espiritual, pois ela própria era testemunha disso.

Ela e Eleonora tornaram-se amigas inseparáveis.

— Mônica, eu gostaria muito de fazer parte do grupo de orações. Meu Antônio está ainda dormindo.

— Seu filho é um dorminhoco... vá gostar de dormir assim lá no "raio que o parta".

Depois que falou, desculpou-se, mas Eleonora já sabia de sua irreverência e não levou a mal a observação dela.

— Eleonora, se você quiser participar, é só pedir. Conheço o coordenador do grupo. É Daniel. Muito boa gente! Acho que até vai gostar.

— Vou falar com ele. Já devia ter falado há mais tempo, pois sei o quanto o amor de mãe é forte. O meu é enorme.

— Aliás, amiga, pelo seu depoimento quando chegou aqui, foi por muito amar que botou o Tonhão a perder, né?

Eleonora não podia discordar.

— É verdade, mas não precisava ser tão impiedosa e me lembrar disso. — Riram.

— Desculpe, amiga. Ahn... eu e minha boca grande!

— Mas agora sei que nem era amor, ou melhor, era amor, no entanto, eu não compreendia que amar não é dizer só sim e passar a mão na cabeça quando vê o erro. Amar é corrigir sem medo de magoar o educando. Amar é doar-se, é não querer viver a vida dos filhos ou justificar seus erros, pois isso é um estímulo para novos erros. Enfim, o amor é sublime, mas tem de ser bem entendido. Em outra existência, saberei amar com equilíbrio e conscientização.

Mônica bateu palmas.

O amor materno é grandioso, mas não deve ser cego e permissivo. Muitas vezes, a falta de compreensão sobre ele o torna mais prejudicial do que benéfico ao educando.

— Mônica, vou falar com a equipe hoje mesmo. Quero tentar fazer meu filho acordar para a realidade da vida. Não quer vir junto?

— Honestamente... acho que minha presença não acrescentaria nada. Não consigo seguir os ensinamentos de Jesus; o "amai-vos uns aos outros". Aqueles espíritos lá... todos dormindo... não conseguem me comover. Fico pensando que, se estão daquele modo, alguma razão deverá existir. Estão colhendo o que semearam.

Eleonora pensou um pouco:

— Claro que existe uma razão. Eles não são santos, mas isso não é justificativa para não nos sensibilizarmos com o problema deles. Nós também ainda temos muitos erros. Então, não vamos "lavar as mãos" como fez Pôncio Pilatos, quando ele não quis se expor.

— Ora, ora. Você aprendeu rápido, Eleonora.

— Tenho frequentado as aulas de orientação religiosa. Aqui, nada nos é imposto e temos a liberdade de escolher a religião com a qual nos identificamos melhor.

É comum, diante de um doente ou de um mendigo, ouvirmos dizer: "É o carma dele", "Alguma coisa ele fez para estar assim", "Está colhendo o que plantou". Lembremos que a nós não compete decidir se ele merece ou não. "Amemo-nos uns aos outros. Todas as vezes que vestir um pobre, dar água a quem tem sede, alimentar um faminto, é a mim que o fará"[7], afirmou Jesus.

— Mas, mudando de assunto, Eleonora, você tem tido notícias do seu marido? — Mônica lembrou-se também da amiga Elisa. Estava com saudades das conversas que tinham. Conversas sérias, nas quais Elisa a surpreendia, muitas vezes, com considerações profundas e noutras com qualquer fofoca do momento.

— Nunca mais voltei para casa... isto é, àquela casa que foi minha. Tenho saudades dela e do Jarbas. — Suspirou.

— Tenho saudades da Elisa. Você a conheceu, não?

— Sim. Ela conseguia me ver de vez em quando. Da primeira vez, levou o maior susto. Contou para o Jarbas, mas ele achou que ela estava possuída e até

---

[7] Mateus 25,31-46.

quis levá-la para a igreja. O pastor expulsaria o demônio dela. — Riu.

— Veja você, amiga. Depois de mortos, ainda somos chamadas de demônios.

— Também de assombração... alma penada...

Uma semana depois, Eleonora acompanhava a equipe de oração. Emocionou-se até as lágrimas ao ver o filho deitado, rijo, sem qualquer sinal de vida.

Naquele dia, dois espíritos acordaram e sentaram-se no leito. Indagaram por que estavam ali e o que significava tudo aquilo. Lembraram que estavam doentes e que ouviram o médico dizer que já estavam mortos. Depois, não se recordavam de mais nada.

Tudo lhes foi, pacientemente, explicado. Eles foram encaminhados para outro setor de recuperação.

Ao término do tratamento diário, Eleonora aproximou-se da cama de Tonhão. Como vira os mentores fazer inúmeras vezes, espraiou suas mãos sobre a cabeça dele e disse baixinho:

— Antônio, filho querido, desperte. Você não está dormindo o sono eterno. O dia do juízo final é todo dia, em que despertamos para a necessidade de rever nossa vida, filho.

Como Tonhão pareceu não ouvir o apelo, ela foi incisiva:

— Filho, levante-se desta cama! Enfrente a realidade. Você sempre foi tão valente e agora está com medo de enfrentar a vida?

Tonhão continuou igual. De repente, um enfermeiro que cuidava daquela ala pediu que Eleonora se retirasse e fosse descansar um pouco.

— Eleonora... não se desespere. Você fez o que pôde. Continue a falar com ele depois dos tratamentos. Um dia, ele despertará. Você verá.

A contragosto, ela se retirou. No pátio interno, encontrou Mônica novamente.

— Eleonora, estou pensando em pedir licença aqui por alguns dias e visitar Elisa. Tenho pensado muito nela ultimamente. Quero saber como ela está se virando sem o Tonhão.

— Pode ter certeza de que ela está muito melhor agora. Amo meu filho, mas reconheço que ele foi um tirano, que escravizou e prostituiu a pobre da Elisa.

— Então? Você virá comigo?

— Se obtiver a licença, com certeza que irei.

Conseguiram a licença e combinaram a visita para a semana seguinte.

Capítulo 20

AINDA É TEMPO DE SER FELIZ

Jarbas e Elisa chegaram ao apartamento. Uma sensação estranha, de dor e liberdade a invadiu. Sentiu remorso por ter algumas vezes desejado a morte de Tonhão. Nas lembranças arquivadas no inconsciente, reviu um jovem imberbe, oferecendo-se para carregar um balde de leite, muito pesado para ela. Suspirou profundamente.

Lágrimas vieram-lhe aos olhos. Jarbas abraçou-a.

— O que foi, Elisa? Por que está tão triste assim? Não me diga que amava o Antônio...

— Não, Jarbas. Eu não o amava, mas me sinto devedora dele. Não sei o porquê, mas sinto isso. Tenho tido pressentimentos estranhos.

Jarbas consolou-a.

— Já quis levá-la à minha igreja, mas, se prefere ir a um centro espírita, posso levá-la. O que não quero é vê-la assim.

Elisa surpreendeu-se. Jamais imaginara que Jarbas pudesse entrar em uma casa espírita. Ele sempre tivera prevenção contra o espiritismo. Nem sabia o porquê, mas tinha.

— Jarbas, eu quero. Até já estive sondando e sei de um muito bom perto daqui.

— Tem de vestir roupa branca? Fumar cachimbo? Entrar no que eles chamam de gira?

Elisa sentiu vontade de rir, mas se conteve.

— Não. Nada disso. É na umbanda que eles se vestem de branco, que tem mãe de santo, filha de santo... gira...

— Tudo não é espiritismo?

— Não. Umbanda é umbanda; Espiritismo é Espiritismo, uma doutrina organizada por Kardec, sem rituais, sem necessidades de coisas exteriores, fundamentada no amor ao próximo e que nos incentiva à evolução, a "matar o homem velho que está em nós, para que ressurja o novo homem e espiritualizado"[8].

Jarbas estava boquiaberto. Até onde sabia, Elisa não conhecia o Espiritismo, mas agora lhe dava uma aula. Conceitos lógicos. A moça continuou:

— Muitos confundem Espiritismo com umbanda. Nada temos contra a umbanda, que é também um caminho que leva a Deus, que ajuda as pessoas e faz caridade, mas ela tem sua própria doutrina e é regida por outros conceitos. Espiritismo e umbanda têm em comum o fenômeno mediúnico. A mediunidade não é propriedade de nenhuma religião; todos nós a temos, seja ela ostensiva ou não.

---

8 Efésios 4,22-24.

— Então a umbanda...

— É um dos muitos caminhos que nos levam a Deus. É claro que em todas as religiões há os bons e os maus religiosos. Mesmo dentro do Espiritismo há os maus espíritas. De forma geral, a umbanda é irmã do Espiritismo e também visa ao bem da humanidade.

De repente, Elisa parou de falar e estremeceu:

— Jarbas, o que aconteceu? Eu me sinto sonolenta... Ouvi-me dizendo coisas estranhas, mas, se tivesse de repetir, não saberia.

— Que estranho! Já lhe aconteceu isso antes?

— Sim, algumas vezes.

— Elisa, você não se lembra de nada?

— De alguma coisa... parece que falei sobre Espiritismo e umbanda.

— Você falou como uma catedrática no assunto. Acho que você é isso que eles chamam de médium inconsciente.

— Eu também acho. No início, tinha medo, mas agora não tenho mais.

Elisa levantou-se, e Jarbas tomou suas mãos. Depois, olhou-a nos olhos:

— Quais são os dias de sessão no centro? Agora estou também curioso para ouvir esses espíritos. Creio que tenho muita coisa a aprender.

Elisa esboçou um sorriso:

— Jarbas, tenho medo de acordar e perceber que tudo isso é um sonho. Um sonho bom.

— Não é sonho, Elisa. É real. E seremos felizes. Viveremos um para o outro, e nenhuma sombra se interporá entre nós.

Um sino bateu ao longe. Era a hora do Ângelus, e a igreja lembrava aos fiéis que "nem só de pão vive o homem"[9].

Os últimos raios de sol intrometiam-se por uma fresta da janela. Jarbas e Elisa, de mãos dadas, estavam cada qual mergulhado em seus pensamentos. Depois, ele puxou-a para si e a beijou. Uma. Duas. Três vezes. Elisa jamais sentira emoção maior. Mas lembrou-se de Tonhão e afastou-se.

— O que foi? Acha que lhe faltei com o respeito?

— Não. Não foi falta de respeito. Mas acho que não está certo... aqui era a casa do Tonhão... Nós aqui, trocando carícias... Tenho a impressão de que a qualquer momento ele vai chegar e me bater.

— Você está traumatizada com o que passou, mas vai esquecer tudo isso. O Antônio era, porém, não é mais dono de nada. E temos de pensar em nós. Merecemos reconstruir nossas vidas.

— Você não se importa com a vida que tive? Não jogará isso na minha cara algum dia?

— Que ideia! Bem sei que você era obrigada e que não era do seu agrado! Você até fugiu daqui para abandonar aquela vida. Nada tema, Elisa. Eu a amo desde o primeiro dia em que a vi.

---

9 Mateus 4,4.

Elisa tentou esquecer Tonhão e tudo mais que passara ao lado dele. Ontem foi ontem. Passado é passado. Agora era viver o presente — determinou a si mesma.

Jarbas era só alegria, enquanto a estreitava nos braços e lhe sussurrava palavras carinhosas.

— Você não me conhece bem, mas pode confiar em mim. Nós nos casaremos em breve. Amanhã mesmo, começaremos a levantar a papelada necessária. Venderemos este apartamento e o meu e compraremos um bem maior. Ou, se você preferir, compraremos uma casa. Sei o quanto você gosta de flores.

— Jarbas, desculpe-me a pergunta, mas como faremos com as despesas? Eu não sei fazer nada...

— Não se preocupe. Trabalho e ganho muito bem. Sou corretor de imóveis. Um imóvel que vendo me rende um bom dinheiro. Tenho aplicações que me dão um bom retorno. Fique tranquila, minha querida. Nada nos faltará.

Elisa não cabia em si de felicidade. Anoitecia quando se foram carregando malas e pacotes.

No apartamento de Jarbas, lancharam. O local era bem pequeno e tinha apenas um quarto. Elisa sentiu-se tentada a dormir com ele, mas Jarbas era muito ético e disse:

— Vou dormir na sala e você fica com o quarto. Não quero precipitar nada. Está bem assim?

— Muito bem. Obrigada por compreender.

Assistiram à TV bem perto um do outro, de mãos dadas e, nos intervalos, trocavam beijos... beijos... beijos...

Capítulo 21

O CASAMENTO

Mônica e Eleonora preparavam-se para a viagem à crosta terrestre. Eleonora, principalmente, estava apreensiva. Mal podia esperar para abraçar Jarbas.

— Estou feliz em poder voltar para casa, mas estou preocupada com meu filho. Não há meios de fazê-lo acordar.

— Eleonora, agora ele não é mais problema seu. Conquanto você o ame, a responsabilidade pela cura de Antônio é desta colônia. Não vá repetir as atitudes possessivas de quando estava encarnada.

— Você tem razão, mas não posso evitar.

— Ora, outro dia não ouvimos a palestra daquele espírito que veio nos visitar? Esqueceu-se do que ele disse?

— Ele disse tantas coisas...

— Pois é. Dentre essas tantas coisas, ele disse que nossos filhos, antes de serem nossos, são de Deus.

Enquanto lá na espiritualidade as duas amigas conversavam, Jarbas e Elisa preparavam-se para o casamento. Ele vendera os dois apartamentos e comprara, em nome dele e dela, uma casa grande e confortável. A propriedade ficava quase fora da cidade, em um lugar tranquilo e do total agrado de ambos.

Os dois fizeram um jardim com canteiros de rosas brancas e vermelhas. No quintal, plantaram árvores frutíferas. E tudo era um sonho bom para Elisa.

O dia tão esperado chegou. Seria um casamento bem simples, só no civil. A madrinha de Elisa seria sua amiga Maria Emília, e os padrinhos de Jarbas seriam seu irmão David e sua cunhada Diva.

Elisa tremia. Jamais imaginara que isso pudesse lhe acontecer um dia. Jamais imaginara que a vida ainda a surpreenderia com tanta felicidade. Estava se olhando no espelho, admirando o belo vestido que Jarbas lhe comprara, quando Maria Emília chegou. Estava também elegantíssima e muito feliz com a felicidade de Elisa.

— Quem te viu e quem te vê... — disse sorrindo e abraçando a amiga.

— Lia, estou nervosa. Parece-me que, de repente, Tonhão vai entrar aqui e acabar com minha felicidade.

— Não pense mais nele. Hoje é o seu dia! Seja feliz e expulse qualquer pensamento atrevido que queira tirar sua paz.

— E o Jarbas? Será que já está pronto?

— Ele está feito uma criança que acaba de ganhar um brinquedo. Está muito elegante!

— Olá, minha futura esposa! Claro que estou pronto. E você está ainda mais linda!

As amigas olharam-no. Ele tinha um sorriso feliz. A felicidade o remoçara dez anos.

A cerimônia foi simples. Alguns amigos mais chegados e alguns parentes de Jarbas compareceram. Elisa não tinha nenhum parente. O único irmão saíra de casa bem antes dela e ninguém mais soube dele. Os pais estavam desencarnados, segundo ela soube por uma conhecida da família.

Depois do casamento, foram jantar em uma cantina italiana. Jarbas adorava comida italiana, e as massas eram sempre seu prato preferido. Elisa não estava muito à vontade. Raríssimas vezes estivera em restaurantes, mas David, ao contrário da seriedade do irmão, era extrovertido e brincalhão. Em pouco tempo, Elisa estava rindo e mais descontraída.

Era quase de madrugada quando voltaram. Como a casa ficava um pouco longe, David foi levar o casal. Jarbas insistiu para que eles ficassem em sua residência, pois já era bem tarde, mas eles declinaram do convite. Afinal, era a lua de mel deles e o melhor seria deixá-los a sós.

Maria Emília piscou para amiga, enquanto lhe mandava beijos.

Jarbas estava eufórico. O vinho que tomara destravara sua língua, e ele não parava de falar.

À porta do quarto, parou:

— Elisa, ainda bem que você é magrinha, porque vou carregá-la. Para dar sorte.

E sem que ela esboçasse qualquer reação, já estava nos braços dele.

Os dois riram.

Amaram-se como dois adolescentes. Às vezes, Elisa pensava em como a vida podia mudar de uma hora para outra.

Jarbas acordou bem cedo, pois estava acostumado a isso. Preparou o café, arrumou a mesa e só depois foi chamar a esposa.

— Acorde, sua dorminhoca. Tenho uma surpresa para você.

— Oi... bom dia. Mas que surpresa é essa?

Ele retirou de uma gaveta duas passagens aéreas.

— O que é isso?

Duas passagens para Salvador, na Bahia. Você conhece Salvador?

Elisa pulou no pescoço de Jarbas e encheu-o de beijos.

— Não brinque comigo. Não conheço lugar algum, só a cidadezinha onde nasci e esta São Paulo maluca.

— Pois então, levante-se. Ainda temos de arrumar as malas. O voo sairá às 23 horas. Temos tempo de sobra.

— Por que não me disse isso antes? Já estaria com as malas arrumadas.

— E eu iria estragar a surpresa? Nada é capaz de pagar o brilho que vi no seu olhar e sua alegria infantil.

≈≈≈

Mônica preparava-se para rever Elisa, e Eleonora não via a hora de abraçar Jarbas.

Ficaram sabendo que Jarbas mudara de casa. Eleonora ficou pensando que isso se dera para apagar as lembranças dela e a do filho.

Mônica já sabia que Elisa estava casada com Jarbas, mas não teve coragem de contar a Eleonora. Talvez contasse no caminho, mas não sabia qual seria a reação dela.

Quando estavam se aproximando, Mônica disse:

— Olha, Eleonora, não se esqueça de que aqueles que ficaram têm direito de refazer a vida. Não podem lamentar eternamente a falta de quem se foi. A vida continua...

— Por que está me dizendo isso?

— Porque você pode ter alguma surpresa. Hoje, Jarbas é outra pessoa; está completamente refeito.

Eleonora sentiu uma dor aguda, como se lhe enfiassem uma faca no coração, mas nada disse. Logo ela saberia o porquê daquelas palavras.

Era um domingo, e o casal estava na cozinha tomando café. Estavam ainda com roupa de dormir.

Eleonora entrou como um furacão, e Mônica foi atrás. Ao ver os dois felizes e fazendo os planos, ela enfureceu-se. O ciúme, que ela julgava superado, voltou como as águas de um dique rompido.

— Mônica, você já sabia, não é? Por isso veio com aquele papinho de que aquele que ficou tem direito de refazer a vida!

Mônica, que, ao chegar, foi abraçar Elisa — embora esta não a visse —, ficou surpresa ao notar o ódio estampado no rosto de Eleonora.

— Veja! Jarbas me esqueceu completamente e está com essa "zinha" aí, se derretendo todo. E veja! Comigo nunca teve um pijama de seda!

E irrompeu em um choro desesperado.

Ao olhar para a "zinha", surpreendeu-se mais:

— Espere aí! Essa era a mulher do meu Antoninho, não era? Até onde sei, ela era uma prostituta. Será que Jarbas sabia disso?

— Amiga, não tente se enganar. Quando os outros nos enganam, nós sofremos, mas, quando nós mesmos nos enganamos, por medo de enfrentar a verdade, é lamentável.

— Não entendo o que você diz.

— Não entende porque não quer entender. Jarbas não a esqueceu nem esqueceu o filho, mas não ia ficar chorando a vida toda por vocês. Ele conhece perfeitamente a vida que Elisa tinha, mas sabe que foi seu filho quem a obrigava. Ele era um aproveitador, um gigolô. Além de fazê-la sair às ruas à cata de clientes, tirava todo o dinheiro que ela ganhava. Desculpe-me, mas esse seu filho era bem ordinário.

— Por favor, não seja cruel. Meu coração já está despedaçado. E meu filho está ausente; não pode se defender.

— Desculpe-me, Eleonora, mas às vezes temos de despertar as criaturas e não as anestesiar ainda mais. Um choque tem o poder de despertar.

Elisa percebeu a presença espiritual de Mônica e alegrou-se, contudo, depois de alguns segundos, avistou Eleonora com seu olhar fero.

Arrepiou-se toda e calou-se, cismarenta.

— O que foi, Elisa? Ficou quieta de repente.

— Sei que você não vai acreditar, mas Mônica e Eleonora estão aqui.

— O quê?! Tem certeza?

— Tenho.

— Então, a esta altura, Eleonora já está sabendo que nos casamos, que somos felizes e não estragará nossa felicidade.

Elisa percebeu que Jarbas não acreditou, mas fingiu acreditar para não a magoar.

⁂

Três dias haviam decorrido após esses acontecimentos. Mônica aproveitava "as férias" para rever seus conhecidos, parentes e amigos. Eleonora não deixava a nova casa e refugiava-se atrás do quadro da *Belle Époque*, como já fizera no passado. Tivera uma súbita recaída.

Elisa a viu mais algumas vezes, contudo, em vez de temê-la, orava por ela e por Tonhão. Tais preces, feitas com tanto amor, iam pouco a pouco sensibilizando Eleonora. Quando Mônica regressou à colônia espiritual, ela não quis voltar. Quis ficar perto de Jarbas, ainda que ele estivesse casado.

Como Jarbas prometera a Elisa, os dois passaram a frequentar um centro espírita. Elisa contou o que se passava e falou da presença espiritual da ex-esposa de Jarbas e de sua revolta ao encontrá-lo casado.

Certa noite, Eleonora foi conduzida ao centro e pôde se comunicar por meio de um médium. Esbravejou, chorou, falou de sua dor, da ingratidão de Jarbas e de como Elisa nunca fora merecedora do amor dele.

Eleonora nem parecia o espírito bondoso e compreensivo que era na colônia espiritual. O ciúme, a posse lhe acordara os sentimentos mais mesquinhos, que jaziam nas regiões abissais da alma. Sabemos que **parecer** não é **ser.**

Jarbas estava surpreso. Reconheceu ser realmente Eleonora, pois ela lembrara situações que só eles sabiam. Dali em diante, passou a acreditar em tudo o que a doutrina espírita ensinava, mas não deixou de frequentar sua igreja, no que era acompanhado por Elisa.

Todas as religiões são caminhos para Deus. Existem caminhos mais diretos e outros mais tortuosos, porém, os objetivos são sempre os mesmos.

Depois de muitos esclarecimentos e muitas preces, os mentores da casa espírita reconduziram Eleonora de volta à colônia. Ela estava um pouco confusa e envergonhada. Portara-se com vulgaridade e compreendera que as virtudes, as sementes do bem, haviam caído em terra árida e não criaram raízes ainda.

Crescer, evoluir, exige de nós coragem, força e determinação. Deus sabe de nossas limitações, por isso oferece-nos inúmeras oportunidades de redenção por meio das reencarnações.

"O Pai não dá cobra a quem lhe pede pão."[10]

---

10 Mateus 7,7-11.

Capítulo 22

O AMOR MATERNO É PERSISTENTE

Antônio continuava dormindo. Eleonora jamais desistia de orar por ele, de chamá-lo, de lhe dirigir pensamentos carinhosos.

Assim que ela voltou para a colônia, precisou de um tratamento espiritual. Ainda não estava preparada para retornar ao antigo lar e ver aquele que tivera por esposo consorciado com outra mulher. Esquecia-se de que ninguém é dono de ninguém e que os compromissos da Terra cessam com a desencarnação.

Mônica esperou que ela estivesse completamente refeita. Não perderia a oportunidade de "puxar a orelha" da amiga distraída.

Numa tarde ensolarada, conversavam sob uma árvore florida, bem parecida com nosso manacá-da-serra.

Mônica estava no seu melhor humor. Ainda continuava irreverente, porque ninguém se transforma de repente só porque desencarnou, todavia, crescera um tanto em aquisições espirituais.

— Eleonora... que papelão, hein? Pensei que você fosse mais equilibrada. Agiu feito uma criancinha birrenta. *Data venia*, amiga!

Eleonora gaguejou:

— Nem me lembre disso, Mônica! Mal posso crer que desci a tanto! Meu Deus... como não nos conhecemos!

— Também não exagere. Não foi tanto assim. O choque foi muito grande. Eu deveria ter lhe contado antes para lhe dar tempo de pensar e ponderar.

— Sabe... ainda agora me dói o coração ao pensar que Jarbas me substituiu. Mas compreendo que ele não é propriedade minha e que tem o direito de reconstruir a vida.

Mônica bateu palmas.

— Ufa! Ainda bem que compreendeu, mas não vá ter uma recaída novamente!

— Nunca mais. Quero só desejar que eles sejam felizes.

— E seu filho ainda continua dormindo?

— Sim. Na semana que vem, devo retornar ao grupo de orações. Fui afastada pelo motivo que você já sabe: desequilíbrio psíquico.

❦

Algumas semanas se passaram. Eleonora esforçava-se para ser compreensiva e paciente.

Foi com alegria que retomou seu lugar à cabeceira de Antônio.

Após o tratamento coletivo, mais um espírito voltou do sono e foi encaminhado. Eleonora desejou que o filho também acordasse, mas o sono dele parecia eterno.

Um dos enfermeiros, vendo-a preocupada, disse:

— Eleonora, não desanime. Qualquer dia, ele volta. As preces e os tratamentos magnéticos surtem efeito, e a demora depende do quanto o espírito queira voltar. Às vezes, inconscientemente, eles relutam em acordar, por saber que terão de enfrentar a realidade.

— Mas essa inércia só os prejudica.

— Deixemos para Deus essa questão. Devemos fazer todo o possível, mas, se não conseguirmos, precisamos deixar nas mãos daquele que tudo sabe... tudo conhece.

Eleonora compreendeu. Antes de deixar a enfermaria, chamou por Antônio novamente. Beijou-o e fez uma sentida prece.

Uma tarde, ela conversava com Mônica.

— Mônica, já desculpei o Jarbas, mas ainda sinto um pouco de raiva de Elisa.

Mônica conhecia o passado espiritual tanto de Eleonora quanto de Elisa.

— Eleonora, você não sentiu nenhuma emoção quando viu Elisa pela primeira vez?

— Como assim? Eu senti raiva.

— Não a reconheceu?

— Que conversa é essa agora? Reconhecer quem nunca conheci?

— Você não se lembra, mas eu vasculhei seus arquivos e descobri uma coisa incrível!

— O quê? E com ordem de quem foi xeretar minha vida?

— Com ordem de nossa amizade. Um conhecido seu, do tempo da imigração italiana para cá, contou-me um pouco de suas existências. Só fui checar antes de lhe contar. Queria ter certeza.

— Certeza de quê?! O que tem para me contar?

— Amiga, naquela existência, você se chamava Donatella e era mãe de Kiara, hoje Elisa.

Eleonora empalideceu. Nem de longe suspeitava de que a mulher que se casara com seu ex-marido fosse a querida Kiara de séculos atrás. A vida sempre a nos surpreender!

— Isso é verdade?!

— Você pode confirmar. Verá que tudo é verdade.

Muitos acham que, assim que o espírito desencarna, já toma posse de todo o seu passado espiritual. Embora cada caso seja um caso, é raro nos lembrarmos imediatamente de existências passadas, principalmente se tais lembranças puderem nos prejudicar.

Eleonora ficou em silêncio por alguns minutos. Esforçava-se para se lembrar daquela existência. Não conseguiu ter uma lembrança total, mas identificou Kiara em sua memória espiritual.

— Então, a raiva que senti naquela ocasião deve ter apagado qualquer lembrança boa a respeito dela. Fiquei muito revoltada e com muito ciúme.

— Então, agora não tem mais nenhum motivo para desejar mal a ela e ao Jarbas.

— Que louco, amiga! Então o Jarbas foi Enrico, o pai dela naquela existência.

— Sim... por isso ele a amou de imediato assim que a conheceu.

— E ela a ele.

— Não é estranho isso?

— Muito, amiga.

Nada de estranho. A vida é como uma peça teatral, em que interpretamos muitos papéis. Num momento, somos o bandido; noutro o mocinho... Às vezes, somos pais; outras vezes, somos filhos. Todos esses papéis são provisórios, porque, na verdade, somos todos irmãos. E tem mais: em uma nova existência, tais papéis assumidos na vida anterior deixam de existir.

— Obrigada, Mônica! Você me ajudou muito. É horrível ter raiva e ciúme de quem quer que seja. Ficamos escravizados e não conseguimos evoluir. Pobre Kiara... quanto deve ter sofrido!

— Nós não sabemos de nada, amiga. Desculpe-me por ter dado uma de Sherlock Holmes. — Mônica riu.

— A vida nos dá cada resposta! "Kiara... minha menina querida, perdoe-me", pensou.

E no seu coração, qual planta que renasce, o amor por Kiara (Elisa) substituiu a erva daninha chamada ciúme.

Capítulo 23

RECOMEÇO

Nuvens borrascosas escureciam a paisagem. Um vento alvoroçava as folhas das árvores. Diversas flores foram arrancadas e rolos de planta seca rolavam até encontrar algum obstáculo que os parasse.

Mônica e Eleonora interromperam o que faziam e correram a fechar as janelas.

Um alerta soou. De um alto-falante ouviram as recomendações:

— Ninguém deve sair do prédio. Todos os que estão fora retornem o mais depressa possível. Talvez sejamos atacados por um bando de malfeitores, que querem resgatar um jovem que chegou ontem num estado lamentável de sofrimento e perturbação. Não cultivemos o medo, mas a fé. Onde estiverem, orem e se protejam.

A voz calou-se. Depois de alguns minutos, voltou a dizer as mesmas palavras. Mônica olhou para Eleonora, que tremia.

— Onde está sua fé? Tire essa máscara de preocupação e vamos orar. Houve um tempo em que eu achava bobagem, mas tenho visto o poder da prece.

Ambas elevaram o pensamento a Deus e ficaram em prece.

O sistema de defesa daquela instituição socorrista foi ativado. O vento continuava a querer destruir tudo. De repente, a turba animalesca, como se fosse um só corpo negro, parou a uma distância razoável do portão de entrada. Cordões magnéticos circundavam o prédio e um aparelho estranho emitia vibrações que paralisavam quem ousasse se aproximar.

O que parecia ser o líder, irritado, esbravejou:

— Como imaginei, eles souberam de nossa visita e se prepararam. Temos de voltar outra hora. Talvez apenas dois de nós. Nos disfarçaremos de doentes. Depois, resgataremos o Peixoto e lhe mostraremos como tratamos os traidores.

Foram-se. Depois de algum tempo, voltaram. Só dois deles. Tocaram a campainha humildemente.

Estavam sendo observados pela câmera de segurança. Jámerson, um mestre em leitura de pensamentos, foi abrir a porta. Já sabia quem eram. Aqueles dois faziam parte de um grupo de espíritos selvagens e impiedosos. Peixoto, arrependido das maldades que faziam, os abandonara no primeiro momento que pôde e pedira auxílio naquela instituição socorrista.

Jámerson foi até eles. A grande porta fechou-se atrás dele.

— Que a paz de Jesus esteja contigo — falou humildemente um deles.

— E contigo também — respondeu Jámerson, que já lera o pensamento do outro e sabia do que se tratava.

— Somos pobres espíritos e estamos doentes... procurando abrigo. Poderia nos atender?

— Meu irmão, eu os atenderia se vocês realmente precisassem de ajuda, mas não é o caso. Sei por que estão aqui. Se quiserem entrar em paz, eu abrirei a porta e os ajudarei. Porém, já devem saber que ficarão sob vigia e separados em celas até terem condições de conviver com os outros internos.

Os dois olharam-se e, furiosos, fugiram o mais rápido possível. Jámerson olhou-os, penalizado.

"Um dia, voltarão, quando realmente quiserem mudar de vida. O mal também entedia. Esperemos a hora certa. Hora que haverá de chegar para todos."

※

Eleonora estava à cabeceira do filho. Ultimamente, ele já se movia e dizia algumas frases desconexas, mas não acordava. Muitos já haviam acordado, mas ele, para angústia de Eleonora, continuava dormindo.

Um dia, um dos enfermeiros lembrou-se de Telma. Antônio, o Tonhão, havia sido casado com ela. Depois de muito tempo obsidiando o marido, ela foi esclarecida e encaminhada para aquele pronto-socorro espiritual. O enfermeiro informou que ela estava muito bem, que trabalhava com muito amor e já granjeara a admiração e o reconhecimento da diretoria daquela casa.

— Telma poderá ajudar. Antônio lhe fez muito mal, mas ela o perdoou. Parece mesmo que o ama de verdade.

— Mas no que ela poderá ajudar? Se eu que sou mãe, que oro com amor, não consigo.

O enfermeiro apenas meneou a cabeça. Não queria magoá-la e lhe dizer que Telma o marcara muito e que talvez o amor que sentira um dia por ela pudesse acordá-lo.

Telma foi informada e surpreendeu-se. Não sabia que ele havia desencarnado. Assassinado. Já não tinha nenhum ódio por ele, ao contrário; havia progredido muito e já conseguia retribuir com amor àqueles que lhe fizeram mal. Compreendeu que, graças a isso, pudera valorizar o bem e procurar percorrer os caminhos cristãos. Ajudaria o ex-marido com amor fraterno. Tudo faria para que ele despertasse.

— Telma, você já sabe o que fazer.

— Sim, senhor. Sei e o farei com o desejo sincero de que ele acorde e que o sol volte a brilhar também para ele, como voltou para mim.

Após os tratamentos magnéticos e as preces coletivas, apenas Telma e Eleonora ficaram na enfermaria. Telma aproximou-se. Sentiu muita piedade dele, mas reagiu: não era de piedade que ele precisava e sim de amor e preces que o ajudassem a acordar.

Eleonora observava Telma, que, depois de ter ficado alguns minutos em prece, pedindo a ajuda do alto, estendeu a mão sobre a cabeça de Antônio:

— Antônio... sou eu, Telma. Lembra-se de mim? Lembra-se de quando nos casamos? A igreja toda florida... o tapete vermelho... você me esperando no altar... a marcha nupcial... os sinos tocando... Depois, nossa viagem de núpcias... Nossas brincadeiras...

Telma repetia sempre as lembranças que ela não conseguia esquecer. Ficou ali por muito tempo não só repetindo, mas envolvendo-o com seu amor.

Naquele dia, não teve êxito, mas não desistiu. Repetia as lembranças do casamento deles como se fosse um mantra.

No terceiro dia, após as preces que ela e Eleonora faziam, Tonhão abriu os olhos enquanto Telma repetia as cenas do casamento. Eleonora deu um grito de alegria. Telma chorou muito e abraçou-o. Um enfermeiro apareceu. Tonhão estava confuso e não reconheceu a mãe nem Telma. Acordou gritando:

— Telma? Telma? Kiara... Elisa... minha mãe... onde estão todos?

— Acalme-se, Antônio. Você esteve doente, mas agora já está melhor. Agora será encaminhado a outro quarto, onde se recuperará mais rapidamente.

Ele tranquilizou-se. Foi colocado em uma maca e levado dali.

Eleonora estava feliz, mas decepcionada por ter sido Telma e não ela a responsável pelo despertar Tonhão. Calcou, contudo, tal sentimento no mais profundo do seu ser. Não queria agasalhar mais nenhum sentimento mesquinho.

O enfermeiro percebeu seu desapontamento e a consolou:

— Eleonora, não fique triste. As forças sexuais da alma são muito fortes. Ele esteve casado com Telma. No início do casamento, foram muito felizes até ele se envolver com drogas. Tonhão, no entanto, sempre amou Telma. Claro que também a ama... E quem disse que suas preces também não o ajudaram?

— Está certo. O que importa é que ele acordou.

A noite caía sobre a instituição. À hora de Ângelus, todos voltavam seu pensamento a Deus Pai, agradecendo a graça de mais uma oportunidade de trabalho.

Enquanto isso, Jarbas e Elisa faziam planos.

— Pena que sou estéril, Elisa, meu amor. Não fosse isso, poderíamos pensar em ter filhos. Seria muito bom aconchegar no peito uma criança... um filho.

— Jarbas, não se martirize com isso.

— Mas você é tão nova. Seria uma boa mãe.

— Não sou tão nova assim. Quanto a filhos, podemos adotar.

— É verdade. Há tantas crianças sem pais, sem um lar. Podemos ver isso. Vou agendar algumas visitas a orfanatos. Estou animado.

— Mas olha que você terá de me ajudar com as mamadeiras. Ela riu.

— Pode deixar.

— Que bom! Nossa casa se alegrará mais com a presença de uma criança.

Um mês depois, estavam procurando uma criança em um orfanato. Eram tantas precisando de um lar que Elisa ficou confusa. Então, lembrou-se de orar e pedir inspiração.

Estava ainda em prece, quando uma mulher simpática veio cumprimentá-los. Elisa despertou da espécie de transe em que estivera.

— Já estou inteirada do interesse de vocês de adotar uma criança. Têm preferência de gênero, idade, cor...?

— Não — responderam ao mesmo tempo.

— Então, vamos primeiro à enfermaria dos bebês de até um ano.

Jarbas e Elisa estavam emocionados. Olhando os bercinhos dos bebês, um deles chamou a atenção de Elisa. Ela aproximou-se, e ele estendeu-lhe os bracinhos. Tinha oito meses.

Sem poder conter as lágrimas, Elisa tirou-o do berço e beijou-o ternamente. Jarbas tinha os olhos afogados nas lágrimas.

— Esse bebê...

— Chegou aqui não faz uma semana. A mãe era muito doente e morreu. Era uma mãe solteira.

Elisa ainda o tinha nos braços. Olhou-o e sentiu um estremecimento, enquanto uma alegria imensa inundava seu coração.

"Não morra, Elisa! Eu preciso de você para reencarnar. Lembre-se de sua promessa... volte... sua hora ainda não chegou..."

Sem conseguir se conter, Elisa quase gritou:

— Aurélio! É você meu amigo?!

A mulher olhou-a, surpresa. Jarbas explicou, e ela compreendeu, pois era espírita e sabia que encontros entre espíritos que já se conheciam eram possíveis.

Após os trâmites para a adoção, finalmente levaram o bebê. Elisa contou a história de Aurélio para Jarbas, que se emocionou.

— Que nome lhe daremos? — perguntou Jarbas.

— Sem dúvida alguma, ele se chamará Aurélio. Você concorda?

— Sim... só gostaria que ele tivesse também o nome de meu avô paterno.

— E como se chamava seu avô?

— Demócrito.

— Então, ele se chamará Aurélio Demócrito de Albuquerque. O que você acha?

— Perfeito.

Como uma bola de fogo, o sol emergia com rapidez na linha do horizonte. Tudo ao redor ia ficando cor de ouro. A natureza cobria-se com um manto de luz que descia dos céus.

Jarbas, Elisa e o pequeno Aurélio sentiram que, finalmente, o sol voltava a brilhar em suas vidas.

Fim

GRANDES SUCESSOS DE
ZIBIA GASPARETTO

Com 20 milhões de títulos vendidos, a autora tem contribuído para o fortalecimento da literatura espiritualista no mercado editorial e para a popularização da espiritualidade. Conheça os sucessos da escritora.

Romances
pelo espírito Lucius

- A força da vida
- A verdade de cada um
- A vida sabe o que faz
- Ela confiou na vida
- Entre o amor e a guerra
- Esmeralda
- Espinhos do tempo
- Laços eternos
- Nada é por acaso
- Ninguém é de ninguém
- O advogado de Deus
- O amanhã a Deus pertence
- O amor venceu
- O encontro inesperado
- O fio do destino
- O poder da escolha
- O matuto
- O morro das ilusões
- Onde está Teresa?
- Pelas portas do coração
- Quando a vida escolhe
- Quando chega a hora
- Quando é preciso voltar
- Se abrindo pra vida
- Sem medo de viver
- Só o amor consegue
- Somos todos inocentes
- Tudo tem seu preço
- Tudo valeu a pena
- Um amor de verdade
- Vencendo o passado

Conheça mais sobre espiritualidade com outros sucessos.

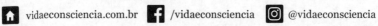

vidaeconsciencia.com.br   /vidaeconsciencia   @vidaeconsciencia

Rua das Oiticicas, 75 — SP
55 11 2613-4777

contato@vidaeconsciencia.com.br
www.vidaeconsciencia.com.br